華山前生

화산전생

정준 신무협 장편소설

ORIENTAL FANTASY STORY & ADVENTURE

dream
books
드림북스

화산전생 2

초판 1쇄 인쇄 2017년 4월 24일
초판 2쇄 발행 2018년 7월 16일

지은이 정준
발행인 오영배
기획 박성인
책임편집 이대용
표지 일러스트 eunae
디자인 권지연
제작 조하늬

펴낸곳 (주)삼양출판사 · 드림북스
주소 서울시 강북구 도봉로 173
대표 전화 02-980-2112 **팩스** 02-983-0660
편집부 전화 02-980-2116 **팩스** 02-983-8201
블로그 blog.naver.com/dreambookss
출판등록 1999년 3월 11일 제9-00046호

ISBN 979-11-283-9194-1 (04810) / 979-11-283-9192-7 (세트)

드림북스는 (주)삼양출판사의 판타지 · 무협 문학 브랜드입니다.

화산전생

華山前生

2

정준 신무협 장편소설

ORIENTAL FANTASY STORY & ADVENTURE

dream
books
드림북스

목 차

第一章
영약맹약(靈藥盟約)

　제갈승계는 사도천의 습격 소식을 듣자마자 모습을 감췄다. 지레 겁을 먹고 숨은 거라 생각했다.

　하지만 전혀 아니었다. 그 반대였다. 철저하게 오해하고 있었다. 제갈승계는 숨기는커녕, 옹안 지부의 화살이나 죽통 등의 물건들을 모아서 암기를 만들었다.

　"아, 암기?"

　막원갑이 당황했다.

　'사천당가?'

　본 적도, 들어 본 적도 없는 암기다. 그런 암기를 쓸 만한 인물은 정파에서도 사천당가뿐이었다.

"하하, 성공이다! 성공이라고!"

제갈승계가 펄쩍펄쩍 뛰면서 환호했다.

"잘했다, 제갈승계!"

주서천은 일부러 제갈승계를 호명했다. 주변이 모두 들을 수 있도록 목소리를 높였다.

"제갈세가?"

막원갑이 깜짝 놀란 얼굴로 되물었다.

"아니, 제갈세가가 왜 암기를 써?"

정파인들은 사천당가를 제외하고 암기를 쓰는 걸 치욕으로 여긴다.

쓰지도 않지만, 설사 연공을 할지라도 사문 측에서 엄중히 벌하며 금하는 편에 속했다.

"헉! 나, 날 봤어!"

제갈승계가 날뛰던 걸 멈추고 당황했다.

이렇게 많은 시선을 모았던 적은 처음이다. 주목을 받으니 손이 떨리고 가슴이 철렁 내려앉았다.

이마에서 식은땀도 나고, 머릿속도 새하얗게 질렸다.

"뭐, 뭘 봐! 나도 안다고! 나도 쓸모없는 거 알아!"

그놈의 부정적인 사고방식이 다시 돌아갔다.

제갈승계는 죽통노를 끌어안고 울먹거렸다. 아직 열 살밖에 되지 않은 소년에게는 힘든 상황이었다.

게다가 무공을 제대로 배우지도 못했으니, 사도천의 무사들이 사납게 쳐다보면 버틸 수가 없다.

"제갈세가가 암기를 쓰다니, 비겁하다! 부끄러운 줄 알아라!"

막원갑이 눈을 벌겋게 뜨고 소리를 버럭 질렀다.

"허, 참."

옹안 지부의 이류 무사가 어이없다는 듯이 막원갑을 쳐다봤다. 다른 삼류 무사들의 반응도 비슷했다.

누가 누구보고 비겁하다고 하는가. 이기기 위해선 명예 따위 전혀 신경 쓰지 않는 게 사도천이 아닌가.

그러나 막원갑은 그러한 시선 속에도 아랑곳하지 않고 제갈승계를 삿대질하면서 소리쳤다.

"거기서 그렇게 싸우지 말고, 내려와서 정정당당히 승부하자!"

'저건 위험하다.'

막원갑은 죽통노를 경계했다. 조금 전에 날린 그 화살들은 목숨이 위협적이진 않았지만, 귀찮았다.

저 화살들을 신경 쓸 여유가 없었다. 그랬다가는 이상할 정도로 강한 꼬마, 주서천에게 당할 수도 있었다.

'자고로 정파인들이란 비겁하다고 지적해 주면 알아서 목을 내놓는 법. 안 넘어올 리가 없다.'

막원갑이 확신했다.

"애초에 다수 대 소수를 공격할 때는 언제고 인제 와서 정정당당을 거론하다니, 양심 좀 지켜라."

주서천이 어림없다는 듯, 앞으로 나서며 피식 웃었다.

"승계야, 이걸로 확실했다. 넌 천재가 틀림없다. 그러니 날 형님으로 모셔라. 함께하자."

"저거 또 헛소리네."

제갈승계가 질린 표정을 지었다.

"쳐라!"

막원갑의 목소리가 쩌렁쩌렁하게 울려 퍼졌다.

검을 쥔 삼류 무사가 몸을 날려 왔다. 나름 자신감 있는 표정이었으나 하품이 나올 정도로 느렸다.

"죽어랏!"

삼류 무사가 호기롭게 외치며 검으로 사선을 그었다. 주서천은 좌로 일 보 걸어 가볍게 피해 냈다.

'매화영롱검!'

주서천의 검이 흐릿하게 사라졌다. 정말로 사라진 게 아니라 빨라서 보이지 않았을 뿐이다.

"혁!"

삼류 무사가 놀라 눈으로 좇았으나 이미 늦었다. 명치 부근에서 화끈한 통증과 함께 피가 쏟아졌다.

"이 꼬맹이가!"

이번에는 좌측과 우측에서 각각 한 명씩 덤벼들었다. 주서천은 검을 고쳐 잡으며 흡족해했다.

'꾸준히 수련은 했지만 실전에서 쓰지 못하면 어쩌지 했는데, 그건 아니니 다행이야.'

매화십사검법도 그렇고, 매화영롱검도 딱히 이렇다 할 문제 없이 성공했다.

주서천은 검을 사선으로 세운 뒤, 수비식을 취해 이번에는 매화오행검을 펼쳤다.

오행을 담은 매화오행검은 공격과 수비를 전환하면서 자연스레 순환하는 무공.

수비하여 막은 뒤, 곧바로 공세를 펼칠 수 있는 검법이다.

좌측에서 쐐액, 하고 예리한 파공성이 터지며 검이 날아왔다. 주서천은 가볍게 검을 흘려 넘겼다.

"억!"

삼류 무사가 체중을 못 이기고 우측으로 넘어진다. 우측에서 공격해 오려던 삼류 무사가 당황했다.

"하나."

수평선을 그려 내며 검을 휘둘렀다. 검면이 우측에 있던 삼류 무사의 목을 깔끔하게 베어 갈랐다.

"둘."

주서천이 손목을 틀어 검을 역수로 쥐었다. 그리고 쓰러지는 삼류 무사의 등에 검을 꽂았다. 킥, 하고 신음을 흘리면서 생명이 끊어진 것이 검에서부터 느껴졌다.

"히, 히이익!"

사도천의 무사들이 주춤거렸다. 그들의 얼굴에는 흥분 대신 공포가 가득 찼다.

주서천은 그 틈을 놓치지 않았다. 몸을 날려 그 안에서 날뛰었다.

"으아악!"

"크악!"

매화를 담은 검이 허공에서 춤을 춘다. 부드럽고, 유려한 춤은 아니었다. 성나고 사나운 검이었다.

때로는 나비가 날갯짓하는 것과 같았으나, 금세 사나운 격풍이 되어 사도천의 무사들을 위협했다. 목이 몸과 분리되고, 가슴에 구멍이 나면서 피가 울컥 쏟아졌다.

'정말로 강호 초출인가?'

옹안 지부의 이류 무사가 주서천의 강함에 전율했다. 도저히 믿기지 않는다는 얼굴을 하고 있었다.

정파의 내공심법은 심신을 망치로 두들겨서 단단하게 만든다. 그렇다 보니 첫 살인의 충격도 적다.

하지만 아무리 그렇다 해도 아예 충격이 없는 건 아니다.

심마로 인한 주화입마까지는 아니어도, 잠시 정신을 차리지 못하거나 혹은 살인에 주저하게 된다.

그것도 약관 이상일 경우다. 그가 알고 있는 한 주서천은 고작 열두 살이다. 열두 살밖에 되지 않은 아이가 첫 싸움에서 저렇게 주저함이 없다니. 약간의 이질감까지 느껴질 정도였다.

"와라!"

주서천이 검에 묻은 피를 털어 내며 외쳤다.

"내가 화산파의 주서천이다!"

화산파의 주서천이다!

온몸에 소름이 돋았다. 전율이 흘렀다.

전생에서도 이렇게 당당하게 외친 적은 없었다. 언제나 사람들 사이에서, 누군가 외치면 그저 따라갔다.

하지만 지금은 아니다. 뒤에, 무사들이 따라오고 있었다. 비록 그들이 삼류라 할지라도 상관없었다. 자신을 믿고, 등을 쳐다보고 있다. 이 순간은 결코 잊을 수 없는 순간이었다.

"와아아아아!"

"주 소협을 따르라!"

무림맹 무사들이 환호성을 내뱉었다. 얼마 전까지 보였던 모습과는 대조적이었다.

두 배가 넘는 병력 차이가 있었으나, 여기에는 어린 고수가 있다. 그들은 그걸 믿었다.

옆에 있던 동료 무사의 가슴에 검이 박혀도 두려워하지 않은 채 그들의 공세에 반격했다.

"무리할 것 없으니, 말했던 대로 하십시오!"

주서천이 무림맹 무사들을 향해 외쳤다.

사도천 무사들이 대문을 박살 내기 전, 주서천은 무림맹 무사들에게 대부분 공격은 흘리면서 자신 쪽으로 인도하라 하였다. 처음에는 다들 부정적이었지만, 지금은 적극적으로 그 말을 따르고 있었다.

무림맹 무사들은 기본적으로 방어에 힘쓰는 동시, 적들을 안쪽으로 밀어 주서천에게 보냈다.

주서천은 적들이 조금이라도 자신의 범위 안에 들어오면 재빨리 날아가 일격을 가했다.

"크아아악!"

처음에 들어왔던 삼십가량의 숫자도 대폭 줄었다.

후방에서 느긋하게 대기하고 있던 사도천의 무사들도 진입해, 추가적으로 삼십여 명이 당했다.

총 백 명에 이르렀던 사도천의 무사들도 어느새 반절이 줄어 오십이 되었다.

대문 앞에는 이제는 발 디딜 틈도 없을 정도로 시체들이 쌓이기 시작했다.

삼류 수준에 불과한 사도천의 무사들은 진로가 방해되어 싸우기 힘들어했다. 주서천은 전혀 상관없는 듯 자유롭게 돌아다니면서 검격을 쏟아 냈다.

"받아라!"

더더욱 짜증 나는 건, 후방 측의 제갈승계였다. 급조한 탓에 죽통노가 그다지 많지 않았지만, 무림맹 무사들에게 파고들어 무너뜨리려고 할 때마다 날아와서 방해했다.

그럴 때마다 주서천이 귀신같이 눈치채고 날아와서 검을 재빠르게 휘둘러 목숨을 앗아 갔다.

이곳에서 반나절 떨어진 개안에서 벌어지는 싸움에 비하면 수준이 낮았지만, 나름대로 괜찮았다.

대문을 이용해서 들어오는 인원들이 한정되어 있고, 탄탄한 수비를 연계해 목숨을 빼앗아 갔다.

"제, 제기랄!"

상황의 여의치 않게 돌아가자, 막원갑이 눈을 굴리면서 도망칠 기회를 엿보았다. 여기서 도주하면 후환이 두렵지만, 지금 이대로 나아간다 해도 가망성이 없어 보였다.

그건 다른 사도천의 무사들도 마찬가지인지, 처음에는 금자에 눈이 돌아간 그들도 두뇌가 점점 공포로 지배되어 아무것도 하지 못하고 뒤로 물러나려 했다.

"도대체 뭘 하고 있는 거냐고!"

막원갑의 혼란에 빠진 목소리가 전장에 울렸다.

"너야말로 뭘 하고 있는 건데?"

주서천이 막원갑을 향해서 똑바로 걸었다. 특별히 공격적이지 않음에도 다들 몸을 움찔 떨었다.

"허세다, 허세가 분명하다. 지금까지 싸워 왔으니 분명 지쳤을 게 분명하다."

막원갑은 스스로 최면을 걸듯이 중얼거렸다. 그 목소리에서는 처절함이 묻어났다.

"그래, 일반적일 경우에는 그게 맞지."

주서천도 동의하듯이 고개를 주억거렸다.

"그런데 난 아니야. 희망을 빼앗아서 미안한데, 내 별호가 내화외빈이야. 내화외빈."

주서천이 땀 한 방울 흘리지 않은 얼굴로 화사하게 웃었다. 그 웃음이 막원갑에게는 악마로 보였다.

"오, 오지 마!"

막원갑이 잔뜩 겁이 난 목소리로 외쳤다. 그 목소리의 파장은 다른 사도천의 무사들에게도 끼쳤다.

그렇지 않아도 주서천의 손에 오십에 가까운 무사들이 눈앞에서 순식간에 죽자 다들 겁먹은 상태였다.

지휘관이자, 그래도 이 중에서 제일 강한 막원갑까지 겁먹은 모습을 보이자 다들 전의를 상실했다.

"도, 도망쳐!"

"으아악!"

한 명이 시작한 도망은 전염병처럼 주위에 퍼졌다. 다들 겁먹은 목소리를 내면서 도망쳤다.

"제기랄!"

막원갑도 결국 포기했다. 더 이상 통제 불능이 된 인원들을 어떻게 할 수가 없었다.

결국은 막원갑도 지나치는 사도천 무사들을 억센 힘으로 밀쳐 내면서 도망치려 했다.

"다 비켜! 나부터다!"

막원갑의 목소리가 쩌렁쩌렁하게 울려 퍼졌다.

"아니, 넌 안 돼."

주서천이 공간을 접었다. 정말로 접은 건 아니다. 그렇게 생각할 정도로 재빨랐다. 바닥에 널린 시체들은 전혀 방해가 되지 않는다는 듯, 몸을 날려 막원갑과 거리를 좁혔다.

막원갑은 몇 보 나아가지도 못하고 주서천에게 목덜미를 잡혔다.

"아이고, 대협. 죄송합니다! 제가 대협을 몰라뵈었습니다!"

막원갑은 목덜미를 잡히자마자 비굴한 목소리를 냈다. 반항하기는커녕 칼도 바닥에 버려두었다.

'도대체 어떻게 된 건지는 모르겠지만 이 꼬마는 어떻게

할 수 없는 괴물이다. 어떻게든 빌어서라도 살아야 한다.'

주서천이 싸우는 모습을 보고 완전히 전의를 상실했다. 도저히 이길 수 없는 상대였다.

확신이 들자 판단은 번개같이 빨랐다. 막원갑은 자존심을 접어 두고 살기 위해서 고개를 조아렸다.

"네가 있어야 자세한 사정에 대해 알 수 있으니까, 여기에 좀 남아 줘야겠어."

"전 잘 모릅니다, 대협. 그냥 내버려 두시는 게 편합니다. 저 같은 건…….”

"그래? 그럼 죽어야겠는데.”

"얼마든지 답해 드리겠습니다! 전 지금부터 대협을 따르겠습니다!”

*   *   *

무림맹은 하마터면 개안에서 패배하여 옹안 지부를 빼앗길 뻔했으나, 지원 병력으로 승전(勝戰)했다.

십사검협 구풍의 도움이 특히 컸다. 구풍의 명성은 얼마 지나지 않아 강호에 퍼졌다.

지원 병력은 성공적으로 승리하고 옹안으로 복귀했고, 도착한 그들은 하나같이 놀람을 감추지 못했다.

"이, 이게 무슨……."

승전 소식이 알려졌을 거라 생각하고 대문에서부터 사람들이 마중을 나왔을 거라 상상했다. 그런데 마중은커녕, 대문은 박살 나고 그 앞에는 핏자국이 가득했다.

"안 돼!"

도착하자마자 구풍은 주서천부터 찾았다. 화산에서 내려온 이후로 처음으로 안색이 새하얗게 질렸다.

하지만 그것도 잠시. 주서천이 안쪽에서 나오면서 인사하는 걸 보고 안도의 한숨을 내쉬었다.

"도대체 어떻게 된 일이냐?"

구풍은 주서천에게 사정을 물었다.

"제가 설명하겠습니다."

옹안 지부의 유일했던 이류 무사가 대신 설명했다.

구풍을 비롯하여 제갈삭 등, 주요 인물들은 이류 무사의 말에 귀를 기울였다.

이야기가 끝나자, 사람들은 놀라움보다는 믿지 못하는 눈치를 보였다. 특히 제갈삭이 그랬다.

"아무리 적들이 한낱 사도천의 삼류 무사라도, 백 명 정도나 되는 무사들을 너희들만으로 토벌했다고?"

믿지 않는 것도 이상한 게 아니었다.

옹안에 잔류한 무사들은 한 명을 빼곤 전부 삼류다. 아무

리 대문이라는 지형을 이용했다고 해도 오십 이상 차이가
나는 병력 차를 이길 수는 없었다.

"주 소협. 아니, 주 대협 덕분이었습니다."

이류 무사가 다시 한 번 말을 덧붙였다.

그 말에 제갈삭이 구풍의 눈치를 힐끗, 보더니만 이내 버
럭 하고 화냈다.

"네 이놈, 똑바로 말하지 못할까! 그가 아직 열두 살밖에
되지 않은 건 이 자리에 있는 모두가 아는데, 누굴 능멸하
려고 하느냐!"

제갈삭의 호통에 이류 무사가 몸을 움찔 떨었다.

"여, 열두 살?"

유일하게 모르는 있는 인물, 막원갑이 포승줄에 묶인 채
로 고개를 번쩍 들었다.

"저, 정말입니다!"

"맞습니다, 대협. 제 두 눈으로도 똑똑히 봤습니다."

다른 무사들도 나서서 용기를 냈다.

'주 대협에게 받은 은혜를 갚아야 한다.'

어느새 호칭은 대협으로 바뀌어져 있었다.

그 누구도 살아 돌아갈 것이라 생각하지 못했던 싸움이
었다. 다들 하나같이 목숨을 버릴 각오를 했다.

희망 하나 없었던 절망적인 상황. 그 상황이 주서천의 등

장으로 인해 완전히 뒤집어졌다. 사망자는 전무했으며, 경상자는 있었지만 중상자는 없었다.

주서천에게 도움을 받은 무사들은 하나같이 마음 깊숙이 우러나는 감사함으로 주서천을 변호했다.

한두 명도 아니고, 옹안의 무사들 모두가 나서서 증언하자 제갈삭도 목소리를 줄이고 중얼거렸다.

"흠, 하기야. 사도천의 삼류들밖에 없는 데다가 전멸시킨 게 아니라 반절은 겁먹고 도망쳤다고 했지. 그런 거라면 수긍이 안 가는 건 아니군그래. 별로 대단할 것도 아니야."

제갈삭은 금세 심드렁한 표정을 지었다.

"예. 그리고 전 내공이 또래 아이들과 달리 많지 않습니까. 그게 큰 도움이 됐습니다."

주서천이 괜한 의심과 귀찮음을 피하려고 말을 덧붙였다.

"대협……."

은인의 평가가 절하되자 옹안의 무사들이 마음에 안 드는 표정을 지었다.

'아직 모습을 드러낼 때는 아니다.'

얼마 전 싸움에선 자신의 이름을 부르짖었지만, 그건 뒷일을 충분히 감당할 수 있어서 그렇다.

어차피 삼류들의 싸움. 수준이 낮기 때문에 완승했다 하여도 그렇게까지 큰 평가는 받지 않는다.

주서천은 그걸 예상하고 날뛰었다.

"그래도 대단하구나. 잘했다."

구풍은 자랑스러워하는 얼굴로 칭찬했다.

'예전부터 봐 왔지만, 무공은 그렇다 쳐도 역시 통찰력이나 냉정함이 보통이 아니로구나. 저 나이에 첫 실전이라면 온몸이 굳기 마련일 텐데, 당황하기는커녕 침착하게 무사들을 이끌고 싸웠다.'

구풍이 속으로 생각했다.

주서천이 잘 숨기기도 했고, 이러한 상황 덕에 진짜 무위에 대한 건 밝혀지지 않았다.

다만 구풍은 주서천의 무공이 아니라, 냉정함이나 지휘력에 중점을 두었다.

'장차 큰 인물이 되겠어.'

구풍의 입가에 미소가 번졌다.

나흘 뒤.

옹안과 개안 전투 이후, 일행은 개양으로 복귀했다.

전투에 대한 건 순식간에 소문이 났다. 다만 옹안의 일보다 규모가 규모다 보니 개안에 대한 것만 알려졌다. 언급이 없던 건 아니었으나, 금세 묻혔다.

개양.

"하하하하!"

신도균의 웃음소리가 쩌렁쩌렁하게 울려 퍼졌다.

오늘, 개양에서는 성대한 연회가 열렸다. 완승을 축하하는 연회였다.

하마터면 개양에 편성한 병력이 큰 피해를 입고 퇴군하여 토지를 빼앗길 뻔했다.

그런데 다행히도 십사검협의 지원 병력 덕에 전투는 별 피해 없이 승전했고, 광견삼두도 전부 죽었다.

입이 귀에 절로 걸렸다.

"다시 한 번, 정말로 수고 많았소. 내 얼마 전에 소식을 듣고 얼마나 기뻤는지, 체면도 생각하지 못하고 거리에 나와 춤을 췄소. 자, 술과 음식은 가득하니 다들 즐기시오!"

장서은과 제갈수란도 참석한 자리이기에, 기녀를 부르지는 않았다. 그 대신 시녀가 자리에 참석하여 술을 따르거나, 음식을 옮겼다.

"이야, 사제. 정말로 다시 봤어!"

장홍은 호통하게 웃으면서 주서천의 등을 거세게 두들겼다.

"사형들에 비해서는 아무것도 아닙니다."

주서천은 자신을 낮추며 장홍을 칭찬했다.

장홍과 장서은은 개안에서 첫 실전치곤 썩 괜찮은 실력

을 보이면서 활약했다.

개양에서 함께 출발한 무사들의 호위를 받은 덕에 크게 다치지 않고 경험을 쌓을 수 있었다.

"아니야. 그래도 정말로 다시 봤어. 그동안 우리가 널 너무 무시한 것 같아."

장서은도 진심으로 주서천을 칭찬했다.

만약 장홍과 장서은이 눈에 띄지 않고, 주서천의 활약만 소문이 났다면 결과는 달랐을지도 모른다.

"감사합니다."

주서천은 오늘도 몇 번이나 읊은 말로 답했다.

제갈상과 제갈수란도 다가와서 축하 인사를 건넸다.

"정말로 대단하오, 주 소협."

"축하해요."

제갈상의 눈에는 호기심이 묻어났고, 제갈수란은 여전히 흥미 없는 무감정이 느껴졌다.

"아니, 형님. 그렇게 불편하게 말할 필요는 없습니다. 그렇지, 사제?"

장홍이 주서천에게 물었다.

"예, 물론입니다. 편히 해 주십시오."

주서천이 반색하면서 좋아했다.

'천재 남매와 미리 연을 쌓아 두면 나쁠 것 없지. 나중에

분명 큰 도움이 될 거야.'

장홍은 항상 말이 많아서 귀찮았지만, 지금 만큼은 그의 사교성이 고마웠다.

지금 여기에서 제일 신경 쓰고 친해져야 할 대상은 제갈승계가 맞다. 하지만 그렇다고 이 둘과 어울리지 않겠다는 건 아니다. 우선순위 때문에 어쩔 수 없이 포기했을 뿐이다.

"그렇다면 나야 좋지. 잘 부탁해."

제갈상이 하얀 이를 드러내며 인사했다.

주서천은 제갈세가의 남매나 연화각의 사형제와 어울리면서 적당히 대화했다.

그리고 술로 취기가 올라올 때 즈음, 슬쩍 빠져나와서 구석에 홀로 앉아 있는 제갈승계에게 다가갔다.

"뭐야?"

제갈승계가 주서천을 퉁한 얼굴로 맞이했다.

참고로, 제갈승계의 활약은 전혀 알려지지 않았다.

그도 암기를 사용한 걸 치욕으로 여기고, 자랑할 만한 것이 아니란 걸 깨닫고 비밀로 해 달라 요청했다.

주서천은 이번 기회에 제갈승계의 자신감을 높이려 했으나, 암기를 제작해 사용했다는 게 알려지면 여러모로 귀찮아질 것을 깨닫고는 별수 없이 함구했다.

"솔직히 말해서 얼마 전의 전투는 천재 동생이 있어서

다 이긴 거 아니었겠어? 네가 없었다면 나도 살아남을 수는 없었을 거야."

주서천이 제갈승계의 옆에 앉았다.

"비밀로 할 수밖에 없는 게 정말로 안타깝지만, 어쩔 수 없구나. 하지만 너무 애석하게 생각하지는 말아라. 세상이 인정하지 않아도 내가 인정해 줄 테니까."

주서천이 혀를 매끄럽게 움직여 칭찬했다. 방금 전 연화각의 사형제들과 비교도 불허할 정도였다.

"크흠, 크흠."

제갈승계도 기분이 썩 나쁘지 않은 듯, 헛기침을 하면서 얼굴을 붉혔다. 확실히 그는 천재이나 고작 열 살밖에 되지 않은 아이다. 생각보다 단순했다.

"칭찬은 고맙긴 하지만, 내 입장에서 보면 대단한 건 내가 아니라 너…… 아니, 당신이지."

제갈승계는 얼마 전까지만 해도 주서천을 능력이 조금 뛰어난 별종 정도로 생각했다.

연화각원이 우수하다는 건 알고 있었지만, 자고로 사람이란 자기 눈으로 보지 않으면 믿지 않는 법. 그다지 와 닿지는 않았다.

그러나 이번, 옹안의 일로 그 인식도 변했다. 제갈승계는 주서천이 얼마나 대단한지 몸소 깨달았다.

'저렇게 대단한데 내화외빈이라면서 비웃음당하다니, 화산파의 검수들은 대체 얼마나 대단한 거지?'

제갈승계가 착각했다.

설사 연화각의 대사형이라 할지라도 그가 펼쳤던 검술을 흉내조차 제대로 하지 못한다.

제갈승계의 안목이 워낙 없다 보니, 멋대로 오해했을 뿐이었다.

"하하. 이제야 이 형님의 위대함을 깨달았구나. 하지만 그렇게까지 부러워할 것 없어. 난 그저 운이 좋아서 영약을 복용했을 뿐이니까. 너도 영약만 섭취하면 나처럼 될 수 있을걸?"

주서천이 눈을 게슴츠레 뜨곤 웃었다. 그 눈동자는 무언가를 발견한 듯, 반짝하고 빛났다.

"영약?"

"그래. 무림인이라면 자고로 기연, 그중에서도 영약을 최고로 치지. 어떠한 난해한 무공이라 할지라도 영약이 있다면 전부 해결할 수 있단다. 영약만 있다면 너도 순식간에 고수가 될 수 있어!"

주서천이 침 하나 안 바르고 거짓말을 했다.

"아무리 그래도 그건 아닌 것 같은데……."

제갈승계가 의심스러운 눈초리로 중얼거렸다.

"승계야. 너 나보다 고수야?"

"그건 아니지만⋯⋯."

"그럼 영약 복용해 봤어?"

"그것도 아니지만⋯⋯."

"안 해 봤으면 말을 말아, 콱!"

무언가 속는 느낌이었다.

"애초에 그런 기연을 겪는 게 어디 쉬운 일인 줄 알아? 그랬다면 무림은 고수들 천지였을 거다!"

제갈승계가 헛소리하지 말라는 어조로 언성을 높였다. 시끌벅적한 연회 도중인 탓에 그 말을 들은 사람은 주서천뿐이었다.

"그래? 그러면 만약 이 형님이 영약을 구해 준다면 어떻게 할래? 마침, 괜찮은 정보가 있는데 말이야."

주서천의 입가에 진한 미소가 번졌다.

피식.

제갈승계가 바람 소리를 내면서 웃었다.

"그게 정말이라면 동생은 물론이고 부하까지 되어 줄게. 그럴 리는 없겠지만 말이야."

"그 약속, 잘 기억해 두는 게 좋을 거야."

주서천의 눈이 초승달처럼 휘었다.

第二章
등하불명(燈下不明)

연회는 하루만으로 끝나지 않고 이틀 동안 이어졌다. 첫 하루는 오롯이 무사들을 위해서였다.

외부에서 귀찮게 굴지 않도록 방문을 금하고, 그들끼리 모여 축배를 들고 하루를 지새웠다.

그리고 그 이튿날부터는 상인이나 낭인 등의 방문객들로 북적였다.

"방문 목적을 말하시오."

"승전을 축하하기 위해서요. 십사검협 대협에게 선물을 전해 주고 싶어 왔소."

초절정 고수는 쉽게 만날 수 있는 게 아니다. 특히 화산파 같은 대문파에 소속된 자는 더더욱 그렇다.

그런 자에게 이름이라도 기억하게 만들 수 있다는 건 그 무엇보다 더 큰 이득이다.

또한, 구풍뿐만 아니라 제갈세가나 연화각원들과도 운이 좋으면 미리 연을 만들 수도 있었다.

언제일지는 모르겠지만 그건 나중에 필시 도움이 된다. 사람들은 그걸 노리고 조금이라도 쉽게 기억되기 위해 갖가지 재물을 챙겨 왔다.

어떤 이들은 고향에서 미색이 뛰어난 여아들을 데려왔다. 혹시라도 제갈세가에 시집이라도 갈 수 있다면, 그 날로 신분 상승을 노릴 수 있다.

화산파도 애매하긴 하지만 가능성이 아예 없는 건 아니다. 요직에만 앉지 않는다면, 자식도 낳는다.

다만 피붙이에게는 재능이 어떻건 간에 정식 제자만큼 무공을 전수할 수는 없다. 속가제자에 한해서다.

화산파가 무당파에 비해 속가적인 성향이 있다 해도, 그래도 아예 엄하지 않은 건 아니다.

여러 가지 제한이 붙었다.

어쨌거나, 이러한 제한이 붙어도 혼례를 올리는 일이 전무한 건 아니다. 가끔 있기는 하다.

사람들은 그 기회를 놓치지 않기 위해서 조금이라도 눈

에 띄려고 온갖 재물을 보이며 노력했다.

"오늘은 사람을 대하는 법에 대해 알려 주마."

구풍이 연화각원들을 모아 놓고 말했다.

기껏 화산파에서 심혈을 기울여서 키운 제자가 재물이나 여색에 눈이 멀어 누군가에게 넘어가기라도 하면 큰일이다.

사랑에 빠지는 건 자유지만, 아이들이 뭘 알겠는가. 성숙하지 않은 상태에서 뻔히 보이는 수작에 걸려드는 건 문제였다.

이를 위해서 구풍은 귀찮음에도 아랑곳하지 않고 하루에도 수십 명이 넘는 사람들을 상대했다.

연화각의 사형제들은 구풍의 뒤에서 별다른 말을 하지 않고 이름과 나이 정도만을 소개했다.

"선물을 받되, 요구나 비슷한 말을 듣게 될 경우는 거절하는 게 좋다. 또한, 도사에게 재물욕이란 건 금물. 어디까지나 성의 수준으로 받아라. 선물이 누가 봐도 과할 경우, 보는 눈이 달라질 테니까."

"알겠습니다."

"또한, 어조에 조금이라도 약조한다는 게 있다면 이 또한 피하도록 하여라. 우리처럼 정파인에게 약조란 건 은원만큼 중요하고 또 무거우니까."

"명심하겠습니다."

장홍과 장서은은 구풍의 말에 집중하여 명심하고 또 명심했다. 주서천은 듣는 척만 했다.

그는 원래 화산오장로였다. 사람을 상대하는 것에 관해선 이골이 났을 정도다. 반대로 전생에선 누군가와 싸우는 것보다 대화하는 게 익숙한 정도였다.

'흠, 확실히 사백이 난사람은 난사람이야.'

무공도 무공이지만, 사람을 대하는 것도 초절정이다. 빈틈 하나 없이 훌륭해서 감탄이 절로 나왔다.

"전 사천에서 온……."

"화산파의 연화각이군요. 얼마 전에 개안에서 활약했다고 들었습니다."

"사람들은 무당파의 무룡관을 치켜세우지만 역시 연화각이 아니겠습니까."

"화산파의 검에 다시 한 번……."

하루에 수십, 수백 번 이상의 칭찬이 쏟아졌다.

장홍과 장서은도 처음에는 그 칭찬에 뿌듯해하는 눈치였으나, 계속 반복되자 점차 지쳐 갔다.

방문객들은 상인과 낭인 외에도 귀주의 정파에 속하는 중소 문파들도 많았다. 문주 정도 되는 인물이 아들이나 딸을 데려와 소개하기도 했다.

'어디에 있는 거냐.'

한편, 주서천은 장홍과 장서은, 심지어 구풍조차도 지쳐 가는 사이에도 오직 한 사람만을 찾고 있었다.

낭인과 중소 문파의 문주들은 대부분 무시했다. 이름만 대충 듣고 머리를 비우고 휴식을 취했다.

그러나 상인들이 찾아올 때만큼은 귀를 기울이고, 정신을 집중했다.

'분명히 여기에 와 있을 거다.'

상왕, 이의채!

별호와 이름을 속으로 외쳤다.

상왕은 이맘때 즈음, 분명 귀주에 있었다. 자본조차 부족한 상인이라, 후원자를 찾기 위함이었다.

제대로 된 호위도 없이 굳이 위험한 귀주에 와 있는 이유도 이 때문이다. 위험한 만큼 후원자로 삼을 만한 무림인들이 많이 온다. 그 많은 사람들 중 한 명만이라도 걸린다면 재능을 발휘할 수 있는 기회가 온다.

'제기랄. 당신을 도우려고 준비도 했단 말이오. 이제 좀 내 앞에 나타나시오.'

중천에 떴던 해도 눈에 띄게 떨어지기 시작했다. 이제 곧 있으면 방문객의 발걸음도 끊긴다. 기다리는 사람은 많았지만, 만날 수 있는 사람은 한정적이다.

밤에 몰래 나가서 방문객들을 찾아갈 수도 없는 노릇이었다. 안 그래도 구풍은 옹안의 일로 주서천을 잃었을지도 모른다는 생각에 더더욱 신경을 썼다.

'설마하니 제갈세가로 간 건 아니겠지?'

확실히 제갈세가도 개안 분쟁에서 활약했다. 하지만 구풍에 비하면 조족지혈이었다.

이득을 철저히 따지는 상왕이라면 분명히 이쪽을 방문할 거라 생각했다. 거의 확신이었다.

하지만 이게 웬일. 이의채는 물론이고 그와 비슷한 이름을 가진 사람조차 보이지 않았다.

시간이 갈수록 주서천의 마음도 타들어 갔다.

"헤헤헤, 안녕하십니까. 또 이렇게 뵙는군요."

해가 거의 다 질 때 즈음, 낯익은 얼굴의 남자가 방문했다.

허리와 머리를 과할 정도로 숙이고, 눈초리도 어딘가 모르게 비굴해 보였다. 부담스러울 정도였다.

'소상, 이었나. 일단 저자는 절대 아니군.'

개양에 도착했을 때, 심하다고 말할 정도로 비굴했던 호객꾼이었다.

어쩌면 상왕이 개명을 했을지도 모른다는 추측도 했다. 그럴 경우를 대비해 전생에서 들었던 상왕의 특징들을 기억해 내 나열해서 대조해 보기도 했다.

상왕은 돈에 대한 집착이나 탐욕만큼, 지방 또한 어마어마했다고 한다. 또한 그 기세가 하늘을 찌를 정도라, 설사 무림맹주 앞이라 해도 굽히지 않았다.

그 태도가 오만하고, 또 상인 주제에 건방지다면서 무림에서 정사할 것 없이 비난을 받기도 했다.

적어도 소상처럼 과할 정도로 비굴하며 또한 평범한 체구인 자는 상왕이 아니다.

주서천은 금세 관심을 끄면서 속으로 다른 생각을 했다.

'이렇게 된 거, 다 끝나고 방명록을 확인해 봐야겠다.'

여기에 오지 않았다면 제갈세가로 간 게 분명했다.

그렇지 않으면 정말로 곤란해진다. 이렇게 된 거 방문이 한시라도 빨리 끝나기를 빌었다.

"과연, 대화산파의 제자분들이십니다. 얼마 전에 소식을 듣고 이 소상, 탄복하였습니다. 자고로 검이라 하면 화산파이고 구파일방 중 일파라 하면 화산……."

소상이 서론만 주야장천 꺼냈다. 전부 구풍이나 화산파를 칭찬하는 말이었다. 그런데 그게 너무 노골적이고 속이 뻔히 보여서 도리어 피곤하기만 했다.

"이보게, 소상. 미안하네만 오늘은 이걸로 하고 슬슬 일어나도 되겠나? 내 오늘 너무 많은 사람들과 대화를 나눠서 그러니, 부디 이해해 줬으면 하네."

결국 구풍도 참지 못하고 소상의 말을 끊었다.

"그, 그러지 말고 조금만 시간을 내주시면 안 되겠습니까?"

그러자 소상이 눈에 띄게 당황했다. 마치 '준비한 것이 많은데 이리 돌아갈 수 없다.'라고 말하는 것 같았다. 눈에서는 필사적인 감정이 묻어났다.

"미안하네. 이만 들어가 보게나."

구풍이 명백한 축객령을 내렸다. 그러자 입구 근처에 대기하고 있던 무사들이 움직였다.

"잠시만 기다려 주십시오! 저에게 기가 막힌 사업이 있습니다. 일각, 아니 반 각이라도 좋으니 조금만 들어 주시지 않겠습니까! 후회하진 않을 겁니다!"

"저런 자는 그냥 혼내 주면 안 되겠습니까?"

구풍도 피곤해하는데 장홍이라고 피곤하지 않을 리 없었다. 상당한 짜증을 내면서 싫은 표정을 지었다.

"이리 와!"

"이 미친놈아, 네 처지를 좀 생각해야지!"

방문객들 중에서도 수준이 있다. 명성도에 따라 방문 순위가 바뀐다.

순서가 늦는다는 건, 그만큼 별 볼 일 없다는 뜻이다. 무사들도 그 점을 알고 소상을 거리낌 없이 끌어냈다.

"놔, 이것들아! 내가 누군지 아느냐!"

"그러는 넌 내가 누군지 아느냐? 개양 지부 무림맹 무사다!"

"에잉, 쯧쯧."

무사들이 혀를 차면서 소상을 끌고 갔다.

"금의상단!"

멈칫.

구풍을 뒤따르던 주서천이 제자리에서 멈춰 섰다.

장홍과 장서은, 구풍이 떠나는 등이 보였다.

'설마.'

세상이 느릿하게 흘러갔다. 청각에 온 내공이 집중됐다. 머릿속에서 방금 전의 말이 메아리쳤다.

주서천은 방명록에 대한 걸 모두 지워 버린 뒤, 고개를 천천히 뒤로 돌렸다.

탐욕과 필사적인 감정이 소용돌이치는 눈.

도인이 본다면 혀를 찰 정도로 탐욕에 찬 눈.

어째서인지 그 눈이 금색으로 보였다.

"소상인(小商人)은 금의상단이라 하여 자그마한 상단의 상단주입니다. 이름은 이의채라 하여……."

그의 목소리는 점차 작아졌다.

주서천은 그가 끌려 나가는 걸 쳐다보며, 어이없다는 듯
이 바람 소리를 내면서 웃었다.

"등하불명(燈下不明)이라 하더니, 설마하니 이미 만났을
줄 그 누가 상상이나 했을까……."

*   *   *

살이란 건 곧 풍족함을 뜻한다. 가진 게 많은 자일수록
뚱뚱하다. 대상인들이 특히 그렇다.

하지만 이의채는 가진 게 많기는커녕 부족하다. 후원자
를 찾고 있는데 과소비를 할 리가 없었다.

굶을 정도는 아니었지만, 그렇다고 과식한 것도 아니었
다. 살이 많지도, 부족한 것도 아니었다.

성격 또한 사정이 있었다.

전생에서 상왕에 대한 걸 알게 됐을 때 즈음, 이의채는
이미 건드리기에는 부담스러운 인물이 됐다.

설사 이의채가 멸시를 받을 정도로 비굴했다는 것이 사
실이었다 해도, 그걸 말했다간 후환을 장담하지 못한다. 비
밀에 부쳐진 건 이상한 게 아니었다.

무엇보다 이의채의 과거는 전생을 기준으로 해서 약 육
십 년 전에 있었던 일이다.

그 과거가 그대로 알려진다면 그게 더 이상했다.

'실수다.'

이의채처럼 훗날 전란에 살아남고, 승리자가 된 사람들은 과거가 날조되었을 가능성이 있었다.

그런데 그걸 생각하지 못했다. 화산오장로에 올라도 모를 수 있는 정보가 있었다.

미래에 대한 정보를 너무 과신한 것에 주서천은 자책하면서 반성했다.

이튿날. 연회가 끝났다.

이의채는 다시 방문했으나, 구풍은 당연하게도 만나주지 않았다. 이미 방문 일정은 끝나 있었다.

몇 번이나 간곡하게 요청하였으나, 무림맹 무사들이 돌아가라며 경고한 탓에 돌아갈 수밖에 없었다.

그러나…….

"안녕하시오, 상단주."

이의채는 생각지도 못한 인물과 마주하게 된다.

"주, 주서천?"

이의채가 너무 놀라 자기도 모르게 그 이름을 중얼거렸다. 그러곤 이내 실수했다는 걸 깨달았다.

"죄송합니다, 주 대협. 제가 놀란 나머지 그만 실례했습니다."

대협이라는 호칭이 자연스럽게 이어졌다. 어색함 하나 느껴지지 않았다.

"한데, 저에게는 어인 일로 오셨는지요? 혹시나 십사검협께서……?"

이의채의 눈에 일말의 기대감이 어렸다.

"아닙니다."

주서천이 주저하지 않고 머리를 좌우로 저었다.

"그렇습니까……."

이의채가 노골적으로 실망한 기색을 보였다. 그 눈에는 기대감 대신 절망감이 묻어났다.

"하지만 제가 볼일이 좀 있습니다."

주서천이 엄지와 검지, 중지를 문지르며 씩 웃었다.

"그게 무슨……?"

이의채가 의아한 얼굴로 머리를 옆으로 기울였다.

"일단 자리 좀 옮기죠. 여기에서 이야기하기에는 좀 그렇습니다."

"아, 알겠습니다."

'무언가가 있다!'

이의채는 본능적으로 주서천의 볼일이 범상치 않다는 걸 깨달았다. 어떤 냄새가 코를 찔렀다.

'돈 냄새다!'

후각부터 시작해 온몸의 감각이 알리고 있다. 드디어 기다렸던 기회가 왔구나, 하고 생각하게 됐다.

그가 봤을 때, 아니. 객관적으로 봐도 주서천은 결코 보통 어린아이가 아니었다.

확실히 연화각원이란 건 일단 보통이라는 범주를 넘었다. 하지만 주서천은 그중에서도 더 특이할 것이라는 생각이 들었다.

정보에 의하면 주서천은 고작 열두 살. 외관이 열다섯처럼 보이는 건 그렇다 쳐도 그 성숙한 정신과 몸에서 풍겨오는 기도가 보통이 아니었다.

도저히 열둘로 보이지가 않았다. 마치 속에 능구렁이를 품은 중년 혹은 노인으로 보였다.

걸음걸이에서도 기품이 언뜻 보이고, 몸짓이라거나 자신감 있는 시선과 기도도 보통이 아니었다.

'분명 저번에 봤을 때는 이러지 않았다. 내가 놓친 게 아니야. 그가 숨기고 있던 거다.'

과연, 훗날의 상왕. 눈치가 기가 막히게 빨랐다.

이의채는 심상치 않다는 걸 깨닫고 자리를 따로 마련했다.

"괜한 서론은 내버려 두고 본론부터 들어가겠습니다. 그러니 상단주께서도 굳이 속이 뻔히 보이는 말은 하지 않으셔도 됩니다."

주서천이 자리에 앉자마자 말했다.

"크, 크흠. 말을 편히 하셔도 됩니다."

이의채는 주서천의 공손한 태도가 마음에 드는 듯, 호의 어린 눈으로 그를 쳐다봤다.

대부분 무림인들은 나이가 어려도 건방지다. 자존심이 세서 그렇다. 특히 대문파의 제자는 그렇다.

이의채는 그동안 무인들에게 많은 무시를 받았다. 그런 입장에서 주서천의 행동은 상당히 감명 깊었다.

"괜찮습니다. 원래 거래라는 건 신뢰와 예의가 아니겠습니까. 당연하지요."

주서천의 속으로 미소 지었다. 상황이 생각대로 흘러가고 있었다.

훗날 상왕으로 불리게 될 이의채는 결코 자신의 아랫사람이 아니다. 그건 두 번째 삶에서도 마찬가지다.

상왕은 정파와 사파, 마도이세, 심지어 숨어 있는 세력과도 장사를 해서 돈을 벌고 살아남은 자다.

그의 재능은 진짜다. 앞으로 도움을 받기 위해서라면 상하 관계보다는 동등하고 친하게 지내는 것이 낫다.

상하 관계는 자칫 잘못하면 기분을 상하게 만들 수 있으니까. 위험 부담이 컸다.

"한데, 본론이라 하면……?"

"사백께 제의했던 사업. 거기에 관심이 있습니다."

"……!"

주서천의 말에 이의채가 눈을 크게 떴다. 전혀 예상하지 못했다는 표정이었다.

"그게 정말입니까?"

"예."

"흠……."

이의채는 이제 막 다듬기 시작한 수염을 매만졌다. 고민, 아니 영문을 모르겠다는 얼굴이었다.

주서천은 그런 이의채의 반응에 속으로 흡족해했다.

'좋아. 이걸로 단순한 바보는 아니란 걸 깨달았어. 조금 불안했었는데…… 다행이야.'

이 상황을 의심 하나 하지 않으면 그게 더 이상하다.

"솔직히 말하자면, 소상은 제가 생각해도 별거 없는 놈입니다. 그런데 뭘 믿고 제 이야기를 듣겠다는 것인지 이해가 잘 안 갑니다. 또한, 보아하니 십사검협이나 다른 연화각원에게도 비밀로 하고 몰래 오신 듯한데……."

이의채는 혹시나 주서천이 자신을 놀리거나, 아니면 어떤 음모에 이용하려는 건 아닌지 생각했다.

물론 아직 열두 살밖에 되지 않은 아이가 뭘 하겠냐 싶겠지만, 어쩌면 뒤에 꾸미기 좋아하는 제갈세가가 있을지도 모른다.

물론 소상인에 불과한 자신에게 뭐가 있다고 저렇게까지 노력하겠냐는 생각도 들었지만.

"저 역시 제안할 것이 있어서 그렇습니다."

"제안?"

"예. 다만, 그걸 이야기하기 전에 먼저 상단주의 사업부터 듣고 싶습니다만, 괜찮겠습니까?"

"물론입니다."

의아스럽긴 해도, 의심하는 건 아니다.

"사실, 사업이라고 해도 눈에 띄려고 그리 말했을 뿐 그렇게 대단한 건 아닙니다."

주서천은 이의채의 다음 말을 기다렸다.

이의채는 주서천의 눈치를 보면서, 그 얼굴이 굳지 않은 걸 보고 안도의 한숨을 내쉬곤 말을 이었다.

"저희 금의상단에서 주로 취급하는 건 미곡입니다. 어디에서나 볼 수 있는 흔한 상품이죠. 그러나 전 이 미곡을 군량으로 팔아치울 생각입니다."

'역시나.'

예상대로였다. 이의채가 본격적으로 이름을 날리게 된

계기만큼은 거짓이 아닌 진실이었다.

"요컨대, 전쟁 상인이 될 수 있는 기회가 필요하다는 거로군요."

"허, 그렇습니다."

이의채가 짐짓 감탄하면서 머리를 끄덕였다.

'머리 회전이 어찌나 이리도 빠른가.'

상계와는 거리가 먼 무림인이다. 고위 요직이라면 모를까, 애초에 그는 성년도 되지 않은 남아이다.

한데 자신이 생각하는 바를 귀신같이 맞추니 놀랄 수밖에 없었다.

물론 주서천의 경우 원래부터 알고 있었던 것이지만 그걸 이의채가 알 리가 없었다.

"재정적인 후원이 필요한 것인지요."

"그래 주신다면 감사합니다만, 실례하오나……."

이의채가 주서천의 눈치를 봤다.

"네, 아쉽게도 재정적인 면에선 후원하기가 힘듭니다. 아이가 돈이 있으면 얼마나 있겠습니까."

주서천이 쓴웃음을 흘렸다.

"아닙니다, 괜찮습니다."

이의채가 침을 꿀꺽, 하고 삼키곤 답했다. 얼굴에 약간의 아쉬움이 남았으나 상관없다는 게 묻어났다.

"재정적인 것 외에도, 후원해 주실 건 많습니다."

"말씀해 보십시오."

"……조금은 민감한 사안이 될 수 있습니다. 그러니 대협께서는 일단 이야기를 끝까지 들어 주십시오."

이의채는 긴장된 기색으로 역력했다. 그는 탁자 위에 올려 둔 물을 한 잔 마시고 입을 열었다.

"단도직입적으로 말씀드리자면, 연줄이 필요합니다. 어디건 개의치 않으니 군량의 거래권을 저에게 맡겨 주셨으면 합니다. 제가 지닌 양은 대규모 정도는 아니지만, 중규모까지는 준비할 수 있습니다."

당연한 말이지만, 무림맹 등의 정파가 농사를 지을 리가 없다. 있긴 해도 자기 입에 넣을 수준이다.

그래서 일정한 군량을 얻으려면 상인들에게 사야 한다. 대부분은 속가제자나, 혹은 정식 제자들의 혈족과 관련된 사람들을 통해서 자주 거래하곤 했다.

아무래도 거래되는 양이나, 오가는 돈이 적지는 않아서 아무에게나 맡길 수는 없었다. 소개가 필요했다.

"그리고……."

이의채가 무척이나 조심스러워하는 눈치를 보였다. 주서천의 얼굴을 몇 번이나 힐끗힐끗 살폈다.

무언가 말을 하고 싶어 하는 것 같았으나, 차마 목소리를 내지 못하겠다는 듯 입을 열었다가 닫았다를 반복했다.

주서천은 이의채가 무엇 때문에 저러는지 잘 알고 있었지만, 아무것도 모르는 척하면서 말했다.

"화내지 않고 들을 터이니, 그냥 말해 주십시오. 전부 다 듣고 판단하겠다고 약속하겠습니다."

그의 말에 이의채도 용기를 냈다.

"……대협께서는 아마 연화각원으로서 십사검협을 따라 개양 지부장이 자리했던 주요 회의에 참석했을 겁니다. 제 생각이 맞습니까?"

"예."

"그렇다면, 아마 귀주의 분쟁 지역에 대해서도 대충 알고 계실 거라 생각됩니다. 그래서 말인데……혹, 그중 고립되거나 보급에 문제가 있는 곳을 알려 주실 수 있겠습니까?"

이의채는 말을 끝내고 눈을 질끈 감았다. 주서천이 어찌 반응할지 두려워서 그랬다.

이 요구 사항이 문제가 되는 건 열두 살, 아니 열 살이 된 어린아이라도 안다.

이의채는 상황에 따라선 기밀에 들어가는 정보를 대놓고 요구하고 있었다. 그 의도는 뻔했다.

보급에 문제가 되는 등 상황이 급한 곳을 찾아가 곡식을 팔아 해치우는 것이 더 돈이 돼서 그렇다.

'하, 듣던 대로 탐욕이 장난이 아니로구나. 그나저나 원래 상왕을 도운 자도 정상은 아니었어.'

일화에 의하면 이의채는 군량이 필요한 곳을 귀신같이 찾아가서 값비싸게 넘겨 많은 돈을 벌었다.

한두 번이라면 모를까, 항상 그럴 수는 없다. 정보처가 있다는 뜻이다.

그건 결코 올바른 행위라 할 수는 없었다.

'아니, 애초에 상왕 자체가 선과 악을 구분할 수 있는 인물이 아니다. 괜히 상단의 이름이 금의겠는가. 오롯이 돈에만 뜻을 둔 자. 이 정도는 예상했다.'

오직 돈과 탐욕만이 원동력이다. 정파와 사파의 신념도, 마도이세의 광기와 잔악무도함도 없다.

돈이 되느냐, 안 되느냐.

방금 전의 대화로 확신하게 됐다.

"전자의 경우, 도울 수는 있습니다. 다만, 연결해 준다고 해 봤자 옹안 정도입니다."

옹안 지부 자체는 주서천에게 빚을 졌다. 게다가 주서천은 연화각원. 그 정도는 처리해 줄 수 있었다.

"괜찮습니다!"

이의채의 얼굴이 화색으로 물들었다. 잔뜩 흥분한 기색

이었다.

옹안은 귀주 지역 중에서도 최전선이다. 그만큼 보급도 잦다. 돈이 되는 최상의 지역이었다.

"하나 후자의 경우, 두말할 것도 없습니다. 거절입니다. 이유에 대해선 아시고 계실 거라 생각합니다."

아무리 상왕이라는 존재가 필요하다고 해도, 선이 있다. 만약에라도 정보를 넘긴 게 알려지면 아무리 연화각원인 자신이라도 무사할 수 없다.

위험 부담이 너무 크다. 한 치의 고민도 없이 거절했다.

"이야기를 들어 주신 것만으로도 감사합니다. 솔직히 말해서 이 미천한 자의 목이 달려 있는 것만으로도 신기할 따름이로군요."

이의채의 얼굴은 식은땀으로 가득했다.

"알고 계신다면 아무리 사정이 급하다 하여도, 자기 앞일을 좀 더 생각하는 편이 좋을 겁니다. 솔직히 말해서 저라서 그냥 넘어간 거지, 다른 사람이었다면 한 치의 망설임 없이 검을 겨누었을지도 모릅니다."

주서천이 경고했다. 말을 꺼내자마자 목이 잘려도 할 말이 없는 사안이라서 그렇다.

"저도 대협이기에 용기를 낸 것입니다. 이래 봬도 사람 보는 눈은 있습니다. 대협의 아량과 마음이 장강과도 같아,

적어도 죽이지는 않을 것 같아서 말한 것이지요. 역시 대협
이십니다."

이의채가 어색하게 웃으면서 아부를 했다. 목숨이 날아
갔을지도 모른다는 생각에 비굴함이 더했다.

"자, 그럼 이제 제 이야기를 해 보도록 하겠습니다."

"네, 말씀해 주십시오."

"혹시 삼안신투에 대해서 알고 계십니까?"

第三章
도수창병(逃水槍兵)

　이의채는 주서천의 입에서 흘러나오는 이야기를 듣고 놀라움을 감출 수 없었다.

　세상에, 삼안신투의 비고라니!

　두 귀를 의심해도 무리가 아니었다.

　"몇 년 전에 제가 복용했던 수령신과도 원래는 수중동굴이 아니라 비고에서 발견한 겁니다."

　주서천은 일부러 거짓말을 했다. 이의채가 조금이라도 믿게 만들기 위해서였다.

　삼안신투의 비고 자체가 워낙 허무맹랑해서 이렇게 거짓으로 꾸며야만 했다.

"어떻게 하시겠습니까?"

"으음."

이의채는 침음을 흘렸다. 어떻게 받아들여야 할지 고민하는 모습이었다.

'눈을 보아하니 거짓말은 아닌 것 같은데⋯⋯.'

흔들림 하나 없는, 그야말로 확신을 지닌 눈이다.

빨려 들어갈 정도로 정직하고 깨끗했다.

생각은 그다지 길지 않았다. 이의채는 믿음은 잠시 내려두고, 머릿속에 떠오른 의문을 입에 담았다.

"비고의 존재 유무는 그렇다 쳐도, 그 많은 보물들을 어떻게 사람들 몰래 옮기실 생각입니까? 그건 현실적으로 불가능합니다."

삼안신투의 비고에 잠들어 있는 보물은 결코 적지 않다. 많은 숫자의 사람들을 동원해야 한다.

그러면 어떻게 되건 유출될 수밖에 없다.

무엇보다 걱정되는 건 동원할 사람들이었다.

사람이란 건 눈앞에 놓인 재물에 약한 법이다. 태도를 뒤집으면서 강도로 돌변할지도 모른다.

그렇다면 뒤통수를 치지 않을 사람들을 구해야 하는데, 그게 말로만 쉽게 할 수 있는 일은 아니었다.

화산파의 제자들을 동원하는 게 제일 확실하지만 그렇게

되면 이의채에게 돌아오는 것은 분명 적다.

아니, 애초에 자신을 끼워 줄지가 의문이었다.

"저희의 힘만으로 보물들을 전부 갖는 건 현실적으로 불가능합니다. 화산의 연화각원인 대협께선 몰라도 한낱 소상에 불과한 제 목은 강도들에 의하여 필시 날아갈 겁니다."

"전부 챙길 필요 없습니다."

"하오면……?"

"소수라도 괜찮으니 믿을 수 있는 자로 몇 사람만 수소문하여 구해 오십시오. 그럼 제가 그들과 함께 비고로 들어가서 최대한 값진 것만 챙겨 오겠습니다. 그것들만 나눠도 충분할 겁니다."

"과연."

원래는 그도 최대한 많이 운반하는 것으로 계획을 세웠다.

괜히 상왕을 찾은 게 아니다.

그가 아무리 전란의 시대에 활약했다 해도, 그럭저럭 수준의 상인일 거라 생각해서 그렇다.

그런데 그의 사정이 생각보다 안 좋았다. 설마 이렇게까지 아무것도 없을 줄은 몰랐다.

백에서 이백 명 정도는 통제하여 동원할 수 있지 않을까 생각하고 계획을 세웠으나, 잘못됐다.

그래서 그를 보자마자 계획을 수정했다.

양을 최대한 버리고, 값진 걸 노리자고.

어차피 비고만큼 값어치 있는 자가 눈앞의 소상인, 아니 상왕이다. 상왕에게 부족한 건 자본이다.

자본만 있다면 알아서 승승장구할 터. 그에게 갚을 수 없는 빚을 지게 한다면 더 큰 이득이었다.

상왕은 돈에 환장하지만, 그만큼 거래 관계에서는 그 누구보다 믿을 수 있는 사람이었다.

"이 제안을 함구하고, 또 받아들이면 옹안의 군량을 금의상단이 맡을 수 있도록 손을 써 보겠습니다."

"이해했습니다. 그러나 대협. 만약 비고가 정말이라 하면, 도대체 절 뭘 믿고 맡기려고 하는 겁니까?"

이의채의 눈에서 의아함과 혼란이 묻어났다.

"이보시오, 상단주."

주서천이 바람 소리를 내면서 웃었다.

"가진 것 하나 없고, 후원을 위해 필사적인 상단주조차 약조 받았는데도 반신반의하고 있습니다. 그러면 그 누가 제 이야기를 믿겠습니까? 그런 겁니다."

미래를 알고 있어서 그렇다.

"시간은 그다지 많지 않습니다. 저는 아마 내일이나, 그 이튿날에 떠나게 될 겁니다."

연화각원의 강호행은 그다지 길지 않다. 실전도 충분할

정도로 쌓았다. 잔류할 이유가 없었다.

"하겠습니다."

이의채의 고민은 길지 않았다.

주서천의 말이 정말이라면 이건 대박이다. 게다가 굳이 삼안신투의 비고가 아니더라도, 옹안의 군량의 상권을 내준다는 건 파격적이었다. 그것만으로도 충분했다.

무엇보다 본능이 이 기회를 놓치지 말라며 외치고 있었다. 코는 아까부터 찌르는 전향(錢香)에 마비된 지 오래다. 술에 취한 듯 몸은 열기로 달아올랐다.

"그럼 좀 더 자세한 이야기를 하도록 하지요."

주서천의 입가에 맺힌 미소가 더욱 진해졌다.

＊　　　＊　　　＊

주서천은 이의채에게 계획의 일부를 전했다. 삼안신투의 비고에 대해서였다.

그가 정말로 믿는지 안 믿는지는 상관없다.

이득만 약조해 준다면, 부탁을 들어줄 테니까.

이의채와 헤어진 뒤에는 곧바로 개양 지부로 돌아가 미리 준비해 두었던 서신을 전서구로 날렸다.

수신자는 장탁. 옹안에서 함께 싸웠던 이류 무사의 이름이었다.

장탁은 생각보다 옹안 지부에서 지위가 높았다. 개안 분쟁에 출전했던 지부장의 오른팔이었다.

그리고 이번 일로 공적을 세워 곧 부지부장에 오를 거라는 이야기를 떠나기 전에 들었다.

자신에게 은혜를 입은 장탁이라면 부탁을 그냥 들어주는 것이 아니라, 성사시키려고 최대한 노력해 줄 것이다.

게다가 마음의 빚을 진 건 장탁 외에도 여럿 있으니, 여기에 관해선 굳이 걱정을 할 건 없었다.

오히려 걱정할 건 따로 있었다.

"내일 다시 화산파로 돌아갈 예정이니 채비를 하거라."

연회도 끝났고, 화산파에서 귀환령도 떨어졌다.

이젠 돌아가야 할 때가 됐다.

계속해서 이곳에서 지낼 수는 없었다.

장홍과 장서은은 아쉬워했다. 사대제자로서 규율 속에서 지내다가 맛본 자유는 정말로 달콤했다.

위험천만하긴 해도, 그만큼 자유는 매력적이었다.

"소림사라거나, 무당파라거나, 안휘의 무림맹 본부는 보러 안 가나요?"

장서은이 구풍의 소맷자락을 잡아당기면서 올려다봤다. 남자라면 껌뻑 넘어갈 정도로의 귀여움이었다.

'잘한다! 더 해라!'

주서천이 속으로 장서은을 응원했다.

하나 응원은 그다지 소용없었다. 구풍은 곤란한 듯 미소 지으면서 엄한 눈으로 머리를 좌우로 흔들었다.

"나도 좀 더 많은 걸 보여 주고 싶지만, 아무래도 그건 힘든 것 같구나. 내 심장이 버티지 못할 것 같다."

"아, 사백~"

장홍도 어리광을 부렸다. 하지만 어림없었다.

"연화각의 강호 출도는 원래 유람하듯이 경험을 쌓는 거 지, 이렇게까지 위험하지는 않다. 이번 일이 워낙 예외였던 거지. 다행히 다치지는 않았지만, 본산에서도 너희가 걱정 된다며 돌아오는 게 좋을 거라는 의견이 나왔으니 아쉬워 도 어쩔 수 없단다."

강호행은 멈췄다. 꼼짝없이 귀환해야 했다.

'세상사 마음대로 되지 않는다고 하더니만…….'

원래는 강호를 돌아다니면서 틈을 보고, 화산파에 귀환 할 때 즈음 이의채의 도움을 받아 비고를 털려 했다. 시간 이 필요했는데, 최악으로 시간이 줄어들었다.

불행 중 다행으로 제갈세가에서도 귀환령이 떨어졌고, 비고가 위치한 중경까지는 함께할 수 있었다.

비고의 기관을 해체하려면 제갈승계가 필요했다.

문제는 그다음부터다.

'최소한의 거래가 있었으니, 상왕보고 따라오게 할 수는 없다. 중경에 가서 어찌어찌 비고를 털었다 해도 다시 귀주로 돌아와야 해. 하지만 어떻게?'

구풍에게 비고에 대해 알려 준다면 분명 화산파가 개입한다. 제갈상이 듣기라도 한다면 더 최악이다.

아니, 애초에 비고에 대해 믿을 리 없었다.

제갈승계를 데리고 몰래 빠져나가려고 해도, 초절정 고수인 구풍의 눈과 감각을 피하기에는 힘들다.

결국 주서천은 이 고민을 채 풀기도 전에 여러 사람들의 배웅을 받으면서 귀주를 떠나게 된다.

귀향길은 그다지 오래 걸리지 않았다. 개양을 떠날 때 명마(名馬)는 아니나, 그에 못지않은 좋은 말을 받았다.

연화각에선 승마술도 가르친다. 괜히 영재 기관이 아니다.

화산에서 귀주까지 말을 타지 않은 건 보법과 경공의 수련 때문이지, 탈 줄 몰라서가 아니다.

제갈세가도 다들 수준급의 승마술을 보였다. 운동 능력이 영 꽝일 것 같은 제갈승계도 그럭저럭 탔다.

원래 집안 자체가 무공과 내공이 낮다 보니 그렇다. 특히 내공이 많이 소모되는 경공에는 알맞지 않았다.

여러 마리의 말이 먼지구름을 내면서 달렸다. 도합 열여덟 필이었다.

화산파 넷, 제갈세가 넷, 그리고 신도균이 호위로 내준 무림맹 개양 지부 무사들 열이었다.

일행은 식사, 수면 시간 때나 정말 지칠 때를 빼곤 멈추지 않고 달렸다. 그 덕에 일찍 귀주를 넘어섰다.

가끔 화적들이 보인 것 같았으나 딱 봐도 보통이 아닌 기세를 내뿜는 일행을 보곤 곧바로 도망쳤다.

주서천 입장에선 미치고 팔짝 뛸 노릇이었다.

구풍의 시선만으로도 성가신데 호위라는 이름의 감시자들이 붙었다. 속이 바싹바싹 타들어 갔다.

*   *   *

사도천.

"천주님, 십사검협이 곧 있으면 장강에 도착할 거라는 소식입니다."

사도천의 총관, 악관태가 보고를 올렸다.

"왔나."

사도천주가 독사를 연상시키는 눈을 떴다. 불쾌함과 분노가 뒤섞인 살의가 내뿜어졌다.

"옹안을 습격했다가 도망친 머저리들을 참수해도 분이 풀리지 않는데, 어딜 멀쩡히 돌아가려 하는가."

개안의 일은 그렇게까지 대단한 건 아니었다. 원래 그쪽 지역은 싸움이 밥 먹듯이 일어나곤 했다.

주인이 바뀌는 것도 심하면 하루에 열 번 이상이다. 그렇게까지 화가 날 만한 일은 아니다.

어디까지나 일상에 불과하니까.

"평소처럼 패배한 것이었다면 이렇게까지 화가 나지는 않았을 걸세."

패배는 그렇게까지 중요하지 않다. 너무 자주 일어나서 패배해도 그러려니 하고 다음을 준비한다.

하지만, '완패(完敗)'라는 두 글자는 문제가 됐다.

천주가 직접 준비한 건 아니지만, 개안 분쟁은 나름대로 사도천에서 신경을 썼다. 총관인 악관태도 조금은 관여하여 양동 작전을 검토했고 승인했다.

옹안에 도착한 십사검협이 나머지 병력을 이끌고 개안으로 향해 참전한 것 자체는 예상했다.

그러나 빈집이 된 옹안을 정복하지 못한 건 문제가 됐다. 성공했다면 인질을 이용해 상당한 피해를 입혔을 거다. 그런데 그게 되지 않아 완패하게 됐다.

그 결과가 치욕과 분노를 불러들였다.

주서천의 행동이 결국 미래를 바꾸게 됐다.

원래라면 일어나지 않았을 미래다. 옹안은 정복당하고, 붙잡힌 인질들 때문에 어쩔 수 없이 개안에서 후퇴해야 했다. 하지만 바뀐 미래는 또 다른 미래를 가져오게 됐다.

"화산파의 애송이들에게 따끔한 맛을 보여 줘라."

사도천주의 눈이 음험하게 빛났다.

＊　　　＊　　　＊

장강, 포구.

"흠?"

구풍이 고개를 갸웃거렸다.

"십사검협, 무슨 일이오?"

제갈삭이 그런 구풍을 보고 의아한 듯이 쳐다봤다.

"아, 다른 게 아니고 배의 숫자가 좀 적지 않나 싶어 의아해하고 있었소."

구풍의 말에 제갈삭이 포구 주변을 슥 둘러봤다.

확실히 배가 적긴 적었다. 특히 편주처럼 작은 배들은 눈 씻고 찾아봐도 없었다.

"의아스럽긴 하지만, 딱히 이상한 건 아니오. 원래 이 시기에는 장강에 풍류를 즐기러 오는 자들로 붐비니까 말이오. 또한 우린 인원이 많으니 별로 상관없지 않소? 하하."

제갈삭이 수염을 매만지면서 껄껄 웃었다.

일행은 편주가 아니라 오십 명은 거뜬히 수용할 수 있는 중선(中船)에 탑승했다.

나눠서 편주에 타는 방법도 있지만, 그러면 호위로 따라온 무사들이 의미가 없었다.

게다가 돈이 없는 것도 아닌데 굳이 그런 불편함을 감수할 연유가 없었다.

"아무래도 옹안에서의 일 때문에 민감해진 건 아닌가 싶구려. 들어가서 쉬는 건 어떻소?"

"그 정도는 아니외다. 그래도 신경 써 줘서 고맙소."

구풍도 자신이 너무 민감했다면서 넘겼다.

마음을 차분히 가라앉히고, 주변 경치를 즐겼다.

비록 손에 술을 쥐지는 않았지만 장강을 즐기기에는 충분한 경관이 눈앞에 펼쳐져 있었다.

줄줄이 늘어선 기암절벽은 목을 늘어뜨려야 전부 눈에 담을 수 있고, 그 위에 자리한 울창한 수풀은 인세가 아닌 다른 세상과도 같은 생각이 들었다.

처음 강호에 나와 장강을 보았을 때는 입을 떡 벌리고 구경했다. 이 대자연에 압도되어 심신이 굳었었다.

이제는 그럭저럭 익숙해져서 그 정도는 아니지만, 언제

봐도 장강의 풍치는 대단했다.

머리를 내밀어 배 밑, 흐르는 강물을 내려다보면 물속에서 춤추는 물고기들이 보였다.

"……!"

강물을 내려다보며 추억을 되새기던 구풍의 눈이 순간 찢어질 듯 크게 확장됐다.

"무림맹 무사들은 들어라!"

스릉.

구풍의 허리춤에 매달려 있던 검이 매끄럽게 뽑아져 나왔다. 검면에서 거칠고 예리한 기세가 내뿜어졌다.

"당장 연화각원과 제갈세가를 호위해라!"

"십사검협……?"

제갈삭이 깜짝 놀란 표정을 지었다.

그가 뭐라 묻기도 전에, 무림맹 무사들은 약속이라도 된 듯 동시에 움직여 호위진을 펼쳤다.

"흥! 과연 십사검협, 눈치 한번 빠르구나!"

제갈삭의 얼굴이 삽시간에 굳었다. 그의 눈동자가 빠르게 돌아가 목소리의 근원지를 찾았다.

기암절벽 위, 아무것도 보이지 않던 울창한 수풀이 움직이나 싶더니 청의인(靑衣人)들이 나타났다.

"올라타라라!"

공중에서 누군가의 목소리가 메아리가 되어 울려 퍼졌다.

첨벙, 첨벙!

"헉!"

무림맹 무사 중 누군가가 놀란 목소리를 냈다.

잔잔하게 흐르던 강물이 갑작스레 위로 솟구치더니만, 병장기를 쥔 험상궂은 사내들이 배에 올라탔다.

그 숫자는 한둘이 아니었다. 대충 세어 봐도 족히 삼십에서 사십은 되어 보였다.

"이, 이런!"

"흔들린다!"

중선에 오를 수 있는 인원은 많아 봤자 육십이다. 너무 많은 사람들이 올라타니 중심이 흔들렸다.

"수림구채!"

제갈삭은 낯빛이 새파랗게 질린 채 소리쳤다.

장강에서 수영할 수 있는 자들은 그다지 많지 않다. 물살이 워낙 변화무쌍해서 그렇다.

아니, 애초에 수면 아래 잠수한 채로 배를 따라오려면 수공을 연공한 자여야 한다.

장강에서 수공을 연공한 무인들은 수적 외에 없다.

"만약 배를 잘못 찾은 거라면, 그냥 넘어갈 터이니 당장 내리도록 하시오."

구풍이 소매 안의 매화를 슬쩍 보여 주면서 나지막이 경고했다.

"하하. 내가 그대와 구면인데 잘못 찾았을 리가 있겠소?"

무단으로 배에 승선한 수적들 중에서 체구가 제일 장대한 남자가 앞으로 나섰다.

"그대는……."

얼굴에 가득한 흉터. 이러한 특징을 지닌 자는 그렇게까지 많지 않다.

"이름은 그때 대지 않았으니 모를 거요. 육대랑이라 하오. 얼마 전에 받은 품삯은 고마웠소. 흐흐."

육대랑이 누런 이를 드러내며 흉악하게 웃었다.

"아! 그때의 그 수적!"

장홍이 육대랑을 알아봤다. 그제야 구풍이나 장서은, 주서천도 그가 누군지 떠올릴 수 있었다.

중경에서 처음으로 장강을 건넜을 때 만났던 수적의 우두머리였다.

"유, 육대랑이라 하면……."

제갈삭이 떨리는 목소리로 중얼거렸다.

"천하백대고수, 도수창병(逃水槍兵)!"

그리고 제갈상이 그다음 말을 이었다.

"호, 오대세가의 자존심 높은 양반께서 날 알아봐 주니 정말 감격스러워 눈물이 다 날 지경이로군."

육대랑이 음침하게 웃었다.

그 반응에 일행의 분위기가 삽시간에 가라앉았다. 특히 무림맹 무사들의 얼굴에 짙은 절망이 감돌았다.

육대랑은 등에 멘 장창을 꺼내서 휘리릭 돌린 다음 지면을 쿡 찔렀다. 그러자 무게 중심을 잡지 못하고 심하게 흔들리던 배가 거짓말처럼 멈췄다.

'진짜다.'

구풍이 침을 꿀꺽 삼켰다.

"도수창병께서는 이 배에 무슨 볼일이 있다고 오른 것이오?"

"무슨 볼일이냐고? 크하하!"

육대랑이 고개를 뒤로 꺾듯이 젖혀 웃었다. 결코 유쾌해 보이는 웃음이 아니었다.

"수적에게 남의 배에 무슨 일로 올라탔냐고 묻다니. 그걸 질문이라고 하는 겐가."

육대랑의 말투가 변했다. 목소리에서 싸늘함이 느껴졌다.

"도수창병, 미친 게냐!"

제갈삭이 호위들 사이에서 소리를 버럭 질렀다.

좌중의 시선이 제갈삭으로 옮겨졌다.

"미쳤다고?"

"화산파와 제갈세가의 미래들이 있는 자리를 습격하다니, 결코 무사히 끝나지는 않을 게다!"

"허, 과연 제갈세가인가. 누굴 모함하는 데는 이골이 나 있구나."

육대랑이 기분 나쁜 웃음을 흘렸다.

"잘 들어라. 우리는 수림구채. 장강의 수호자다."

육대랑이 입술을 혀로 적셨다.

"예로부터 장강을 건너려면 수호자들에게 통행세를 내는 것이 관례였지. 하나, 우릴 도적 떼라면서 모함하며, 품삯을 내지 않은 건 너희가 아니더냐. 시비를 건 것은 애초에 너희가 먼저였다."

"하? 그게 뭔 헛소……."

제갈삭이 말을 이으려다가 말았다. 육대랑이 웃고 있는 걸 보고 어떤 일이 벌어지는 건지 이해했다.

"제일 먼저 반발한 건 연화각과 제갈세가의 건방진 아이들이 아닌가. 그 아이들이 먼저 갑자기 수적과는 협상하지 않는다면서 검을 겨누지 않았나."

육대랑이 창을 들어 호위의 중심을 가리켰다.

"숙부. 아무래도 모종의 무언가가 있는 모양입니다. 저놈들은 저희를 그냥 보내 줄 생각이 없습니다."

제갈상이 허리춤에 매단 검을 매만졌다. 도움이 얼마나

될지 모르겠지만 그만큼 상황이 급박했다.

"포구에 배가 없었던 건……그런 거였나."

구풍이 이를 빠드득 갈았다.

"강호 초출에 혈기만 앞서, 무림 세력의 사정을 알지도 못하고 실수하는 건 '자주 있는 일' 아닌가?"

육대랑이 창을 쥔 손에 힘을 줬다. 손부터 시작해서 팔뚝, 어깨 근육이 크게 부풀어 올랐다.

"다시 한 번 말하나 장강은 수림구채의 영역. 이곳에서 네놈들이 문제를 일으켰으니, 수호자로서 장강의 법과 평화를 지킬 뿐일세. 하하하!"

육대랑의 웃음소리가 쩌렁쩌렁하게 울려 퍼졌다.

"그 누구도 살려 보내지 마라!"

"케헤헤헤!"

수적들이 몸을 날렸다.

＊　　　＊　　　＊

"엥?"

당황한 목소리가 절로 나왔다. 주서천은 지금 무슨 일이 일어나는 건지 이해할 수 없는 표정을 지었다.

"사제, 내 뒤로 숨어!"

장홍이 그래도 사형이라고 앞에 나섰다.

"수란아! 승계야!"

제갈상도 동생들을 뒤로 숨겼다.

주서천, 제갈수란, 제갈승계 세 명이 제일 중앙에 숨었고 그 주변을 제갈상과 장홍, 장서은이 둘러쌌다.

마지막으로 무림맹의 무사들이 호위진을 펼쳐 막았다. 하나같이 필사의 각오가 느껴졌다.

'도대체 뭔 일이 일어난 거야?'

중선에 승선했을 때만 해도 모든 게 끝났나 싶었다.

제갈승계를 데리고 배 밖으로 몸을 던져야 하나 진지하게 고민했을 정도다. 한데 뜻밖의 일이 벌어졌다.

'도수창병과 싸웠다면 내가 기억을 못 할 리가 없는데…… 이런 일이 있었던가?'

천하백대고수는 시대에 따라 자주 바뀐다. 전란의 시대에는 특히 그랬다. 너무 빨리 바뀌어서 정보가 따라가지 못할 정도였다.

하지만 그중에서도 천하백대고수의 자리를 빼앗기지 않고 오랫동안 유지한 자가 몇 있었다.

그중 한 명이 도수창병 육대랑이다.

육대랑은 원래 관군 출신의 수병(水兵)이었다.

하지만 어느 날 상관과 싸우다 화를 참지 못해 살해했고,

이후 상관 살해로 수배가 내려져 도주했다.

도주 생활 중 어쩌다 보니 수림구채에 투신하게 됐다. 원래는 잠깐 몸만 숨기려고 했다. 하지만 수적 생활을 하다 보니 생각보다 잘 맞았다.

여기에선 지랄 맞은 성격을 참을 필요도 없었고, 또 육대랑은 원래 무공이 강하다 보니 금세 높은 자리에 올랐다. 육대랑은 그대로 눌러앉아 수적이 됐다.

육대랑을 기억할 수 있었던 건, 크게 두 가지 이유가 있었다.

하나는 수림구채 자체에 고수가 그다지 많이 없던 것이요, 둘은 육대랑이 장수해서 그랬다.

수림구채는 관부도 어찌할 수 없고 성가셔하는 세력이었다.

토벌하려면 힘이 필요한데, 현(現) 명(明)나라의 관군은 오랫동안 북방의 오랑캐를 상대하느라 육군에 집중되어 수군이 약했다. 강화할 생각도 별로 없었다.

수군이라 해 봤자 장강 정도이고, 장강은 나라 안에 있다. 차라리 중원 밖, 서역을 경계하는 편이 나았다.

여하튼 이렇다 보니 수림구채를 토벌하기에는 역부족이었고, 장강에서 나가지 않는 육대랑은 잡기가 힘들었다.

무엇보다 수공이라는 특징 덕에 육대랑은 장강 위에서

만큼은 천하백대고수 중에서도 상위가 아닌가. 현실적으로 그를 잡으려면 수많은 시간과 병력이 요구되어 결국 포기 하기로 했다.

구풍이 그런 유명인인 육대랑과 싸웠다면 소문이 안 났을 리가 없었다. 아예 기억이 없는 건 이상했다.

'내가 경험해 보지 못한 미래다!'

머리가 재빠르게 굴러갔다. 머릿속에서 추측할 수 있는 생각이 빛살처럼 스쳐 지나갔다.

"크아악!"

하지만 주변에서 들려오는 비명과 금속음에 주서천은 잠시 생각을 접어 두고 정신을 빠짝 차렸다.

'한가하게 생각이나 하고 있을 때가 아니다!'

보아하니 다른 수적들은 약해 보였다. 잘 쳐 봤자 이류 정도다.

애초에 도적들이 강해 봤자 얼마나 강하겠나.

도수창병의 등장에 다들 겁을 먹어서 그렇지, 수적들을 상대하기에는 충분했다.

채채채쟁!

"크읏!"

"하하하하하!"

문제는 구풍과 육대랑이었다.

싸움이 시작된 지 얼마 되지도 않았다. 그런데 구풍이 벌써부터 힘겨워하는 모습이 보였다.

'사백이 압도적으로 불리한 싸움이다.'

애초에 수공이란 건 수중, 그리고 배 위에서 싸우기 위해 만들어진 무공이었다.

육대랑이 유리한 건 당연했다. 무엇보다 그는 수병 출신으로 거의 반평생을 배 위에서 살았다.

그에 반면 구풍은 배의 흔들림에도 상당한 영향을 받기도 했고, 선상 위 싸움에도 익숙하지 않았다.

육대랑이 약했다면 이길 수도 있었겠지만, 애석하게도 상대는 천하백대고수가 아닌가!

'도와야 한다.'

주서천이 검을 쥐었다.

여기에서 진짜 실력이 발각되는 건 상관없었다. 조금만 방심해도 목이 날아갈 상황이었으니까.

'여기에서는 죽을 수 없다!'

주서천의 얼굴이 험악하게 일그러졌다.

"으아악!"

풍덩!

생각하는 사이, 무림맹 무사 한 명이 수적들에게 몰려서 배 바깥으로 튕겨져 나갔다.

"여자는 죽이지 마!"

"흘흘흘, 고년 참 먹음직스럽게 생겼구나!"

추악하게 일그러진 시선이 제갈수란에게로 향했다.

여태껏 무감정했던 그녀조차도 그 시선에는 몸을 흠칫 떨며 기분 나쁜 듯, 눈살을 찌푸렸다.

"케헤헤!"

수적이 빈틈을 파고들며 손을 뻗었다. 그 목표는 제갈수란이었다.

"안 돼!"

제갈상이 검의 방향을 급히 바꿨다. 하지만 이미 너무 늦었다. 수적의 손이 너무 빨랐다.

'이대로 물속으로…… 어?'

수적이 눈을 동그랗게 떴다. 제갈수란의 고사리 같은 손목을 낚아채려던 자신의 손이 안 보였다.

"이게 뭔…… 커헉!"

수적이 가슴을 움켜쥐며 뒤로 물러났다. 명치 부근에는 자그마한 구멍이 뚫려 있었다.

"사제……?"

장서은이 놀란 입을 다물지 못하고 주서천을 쳐다봤다. 주서천은 검을 털어 내며 피를 바닥에 흩뿌렸다.

"간다."

第四章

선상격전(船上激戰)

　육대랑과 싸우고 있는 구풍을 보니 얼마 버티지 못할 것 같았다.

　평소라면 싸우는 도중에도 연화각원을 곁눈질로 쳐다보던 그였다. 하지만 육대랑과 붙은 이후로는 단 한 번도 그러지 않았다. 그만큼 급박하다는 의미였다.

　"지금부터 사백을 도우러 갈 텐데, 괜한 걱정이니 끼어들지 마십시오. 경고입니다."

　"사제, 미쳤어?"

　장홍이 어이없다는 듯이 주서천을 쳐다봤다. 광인을 쳐다보는 시선이었다.

"갑니다."

때로는 말보다 행동으로 보여 주는 게 확실한 법.

"앗!"

전위에 서 있던 무림맹 무사가 당혹스러운 목소리를 냈다. 주서천은 호위들이 막아서기도 전에 그들을 지나쳐서 수적들에게 순식간에 접근했기 때문이다.

"안 돼!"

장홍이 비명을 지르면서 뛰쳐나가려 했다.

"안 됩니다!"

그러나 무림맹 무사가 이번에는 어림없다는 듯이 장홍이 나가려는 걸 막았다.

"이거 놓으십시오! 사제가……."

장홍이 말을 잇지 못하고 입을 다물었다. 그 얼굴에는 불신과 경악이 묻어났다.

"이게 도대체 무슨……?"

제갈삭도 두 눈을 의심했다. 아니, 제갈삭뿐만이 아니었다. 구풍을 제외한 모두였다.

그들의 눈에 비치는 광경은 수적들 사이에서 검을 화려하게 휘두르고 있는 주서천이었다.

"뭐, 뭐야!"

비교적 체구가 작은 수적이 당황스러운 목소리를 냈다.

무언가가 번쩍하더니 옆에 있던 동료의 목이 날아갔다. 귀신에 홀린 기분이었다.

"시간 없으니까 한꺼번에 덤벼라."

주서천이 눈을 가늘게 떴다. 그 눈매가 맹수와 같이 사나웠다.

'뭐, 뭔 놈의 눈이…….'

체구가 작은 수적이 몸을 덜덜 떨었다. 그 눈을 마주친 순간 몸이 말을 듣지 않았다.

"멍청아! 빨리 꼬맹이를 잡아!"

옆에서 동료 수적이 몸을 날렸다. 평소에 눈치가 없다고 놀림을 받던 수적이었다.

그리고 그 늦은 눈치는 죽음을 부르게 됐다.

주서천은 머리를 쪼갤 기세로 날아오는 칼을 좌로 반보만으로 가볍게 회피한 뒤, 옆구리에 검을 박았다.

"커헉!"

푸욱, 하고 검이 옆구리를 통해서 폐를 찔렀다. 숨이 콱 막혀 오며 정신이 아득해졌다.

"앞으로는 저도 신경 써 줄 수 없으니 무사님들은 명심하십시오. 공세가 아닌 수세에 신경 써야 합니다."

주서천이 검을 폐에서 빼내면서 호흡곤란에 걸린 수적을 발로 차서 장강에 빠뜨렸다.

'매화연홍검!'

주서천의 손에서 쾌검이 펼쳐졌다. 십이성 전부를 대성한 덕에 완벽한 위력을 발휘했다.

파밧!

"크윽!"

수적 하나가 몸을 뒤로 젖혔다. 주서천의 검이 아슬아슬하게 턱을 스치고 지나갔다.

"흠. 이건 좀 적응할 필요가 있겠는데."

주서천도 배 위에서 싸워 본 적은 별로 없다. 손에 꼽을 정도다.

원래라면 수평으로 그려진 선이 목을 잘랐어야 했지만, 그러지 못했다. 주서천은 감각을 다시 조정한 뒤에 몸을 일으키려던 수적의 가슴에 검을 꽂았다.

"큭!"

정확히 사혈에 검이 꽂히자 내기의 흐름이 뒤엉켰다. 뇌가 굳고 근육이 풀리면서 정신을 잃었다.

주서천의 손길에 망설임 따위는 없었다. 한 명이라도 더 목숨을 빼앗겠다는 듯, 사납게 몰아쳤다.

"이 쥐새끼 같은 놈!"

곁눈질로 목소리의 근원을 찾으니, 좌측에서 도끼를 든 수적이 덤벼드는 게 보였다.

주서천은 상대하고 있던 수적을 발로 차서 밀어낸 뒤에 검을 세워 도끼를 막았다.

째앵, 하고 금속끼리 부딪치면서 불꽃이 튀겼다.

"끄으으응!"

수적이 안간힘을 다해 도끼를 밀어붙였다. 얼굴이 시뻘겋게 달아올랐다. 하지만 이렇게 힘을 쏟아 부었는데도 어째 조금도 밀지 못했다.

"핫!"

주서천이 거의 처음으로 기합을 내뱉으면서 검을 위로 쳐올렸고, 쌍날을 지닌 도끼는 그대로 날을 코앞에 두었던 수적의 이마에 깊숙이 박혔다.

"끅!"

수적이 외마디 비명을 흘리면서 힘없이 쓰러졌다.

"히, 히이익!"

열에 가까운 동료 수적들이 순식간에 목숨을 잃었다. 그들은 그제야 공포와 불안감을 느꼈다.

'매화오행검.'

주서천이 검법을 바꿨다.

배의 흔들림 때문에 쾌검은 썩 좋지 않았다. 안정감과 균형이 중점인 매화오행검이 더 나았다.

매서웠던 그의 기세는 바뀌었으나, 그렇다고 적들의 사

정을 봐준 건 아니었다.

보는 사람이 편안함을 느낄 정도로의 안정감을 자랑하면서 수적들의 목숨을 끊어 갔다.

'끙. 원래라면 몇 합 나누지 않고 처리해야 하는데 경지가 낮으니 그게 잘 안 되네. 이렇게 본신의 무위를 보이게 될 줄 알았다면 좀 더 올려 둘 걸 그랬나.'

주서천의 경지를 말하자면, 조금 애매했다.

매화생공은 진작 대성했고, 매화육합심법은 십성에서 일부러 멈춰 뒀다. 대성하면 경지가 오를 것 같아서다.

무위 전체가 오르게 되면 싫어도 눈에 띌 수밖에 없다. 기도 같은 것이 몸에 묻어나게 돼서 그렇다.

눈에 크게 띄면 곤란하기에, 일부러 대성하지 않고 내버려 둔 채 경지를 올리지 않았다.

하지만 검법은 상관없었다. 얼마든지 조절할 수 있으니 화경의 정수를 이용해 전부 대성해 두었다.

검의 기교는 화경, 무공 자체는 이류고 무리 좀 해 보면 일류니 뭐라 정의 짓기가 곤란했다.

어쨌거나 경지 자체가 낮다 보면, 몸이 따라 주지 않으니 아무리 검이 완벽해도 금세 무리가 온다.

주서천의 상태가 지금 그랬다. 몸에 맞지 않게 너무 수위 높은 걸 펼치다 보니 균형이 깨지려 한다.

'사백도 마찬가지지만, 나도 시간을 끌 수는 없다!'

주서천의 움직임이 빨라지고, 변화했다.

웬만하면 힘을 크게 쓰지 않으려고 최소한의 움직임으로 피한 뒤 치명상을 입혔다.

수적들은 주서천이 힘들어하는 것도 모른 채, 정신없이 당하면서 비명을 질러 댔다.

장강을 가운데로 둔 기암절벽 위에는 수림구채의 정찰병들이 서 있었다.

그들은 아래에서 벌어지는 일들을 위에서 지켜보며 경악을 금치 못했다.

"저건 뭐야!"

처음에는 정찰의 임무를 이해하지 못했다. 임무는 만약의 사태를 대비해, 지켜보다가 무슨 일이 있다면 나중에 어떻게 된 건지 보고를 위함이었다.

하지만 저 아래에 누가 있는가!

천하백대고수, 그것도 장강에선 거의 최강으로 군림하고 있는 도수창병 육대랑이 있다.

거기에 다른 수적들이 전부 삼류라 할지라도, 장강 위이니 결코 불리한 게 아니다.

너무나도 유리하기에 승산을 믿어 의심치 않았다. 한가

하게 술병이나 마셔 대며 시시덕거렸다.

하지만 전투가 시작되고 얼마 지나지 않아 이변이 벌어졌다.

"내화외빈이라며!"

습격하기 전 습격하는 대상의 정보는 대충 들었다. 화산파 안에서나 불렸던 별호도 수적들에게 알려졌다.

내공은 있으나, 그 외에는 아무것도 아닌 연화각의 애송이. 정면 승부를 할 것도 없이, 허초를 조금만 보여 주면 꼼짝 없이 당할 거라는 평가였다.

"전혀 아니잖아!"

정보가 잘못됐다.

주서천이 스스로를 숨기고 있던 건지, 아니면 받은 정보가 잘못된 것인지는 모른다.

내화외빈이라는 남아는 도저히 믿을 수 없을 정도의 괴물이었다.

선상 위라는 불리한 환경에 있음에도 불구하고 동료 수적들 사이를 이리저리 돌아다니며 학살했다.

후퇴는 없었다. 오직 전진뿐이었다. 그리고 숫자가 배나 되는 수적들이 피를 흩뿌리면서 차례대로 강에 빠졌다.

이제 막 강호에 처음 나온 아이가 사정 하나 봐주지 않고 검을 휘두르는 건 공포 그 자체였다.

"채주에게 경고해 줘야 하는 거 아니야?"

수림구채는 아홉 개의 수채가 모인 연합체다. 당연히 채주도 숫자에 맞게 아홉 명. 육대랑은 그중 일인이었다.

"아니, 그만둬. 지금 십사검협이랑 싸우고 있잖아. 채주가 압도적으로 유리한 것 같긴 한데…… 혹시라도 말했다가 정신이 다른 곳으로 팔리면 다칠지도 몰라. 그러면 어떻게 될지는 너도 잘 알 거 아니야?"

육대랑의 성격은 상당히 잔학무도하다. 별거 아닌 이유로 목이 날아간 동료가 여럿이었다.

"그, 그리고…… 설마 채주가 당하겠어?"

"그래, 다른 누구도 아닌 도수창병이잖냐. 물 위에서 질리가 없어. 쟤들이 전부 돌파당한다 해도, 결국은 승리하는건 채주일 거라고."

정찰병들이 침을 꿀꺽 삼키며 아래를 주시했다.

채채챙!

검과 창이 허공에서 몇 번이나 부딪쳤다. 검격과 창격이 폭풍우처럼 몰아치며 공기가 터져 나갔다.

'뭐냐.'

육대랑은 구풍의 어깨 너머를 슬쩍 살폈다.

수하들이 비명을 지르면서 나가떨어지는 게 보였다.

아까부터 앞쪽의 반응이 심상치 않더니만, 이상한 일이 벌어지고 있었다. 내화외빈, 주서천의 존재였다.

"하앗! 어디에 한눈을 팔고 있느냐!"

초절정 고수인 구풍이 그 시선을 눈치채지 못 할 리 없다. 틈을 발견했다 생각하고 검을 내질렀다.

쐐애액!

검 끝이 빛줄기를 그려내면서 뻗어 갔다. 섬뜩한 소리가 대기를 후려치면서 터져 나왔다.

"흥! 어림없다!"

육대랑이 창을 대각선으로 세웠다. 창날과 연결된 창대 부분이 구풍의 검을 정확하게 막아 냈다.

"무림맹의 무사들을 우습게 본 네놈의 실수다!"

구풍이 호기롭게 외쳤다.

조금 여유를 지니고 있는 육대랑과 달리, 구풍은 온 감각을 지금 이 승부에 집중하고 있는 상태였다.

뒤에서 벌어지는 일들에 대해선 모르고 있었다. 육대랑의 틈을 보고 그냥 무림맹 무사들이 생각 이상으로 활약해 주고 있는 것이라고 착각했을 뿐이다.

"쯧!"

육대랑이 혀를 찼다.

이쪽이 유리하다고 해도, 십사검협 앞에서 방심할 수는

없다. 괜히 그 이름이 중원에 알려진 게 아니다.

만약 그런 상대였다면 이미 진작 승부를 냈다. 아직도 싸우고 있다는 게 그 증거였다.

'이런.'

구풍이 얼굴을 구겼다. 육대랑은 성가신 정도지만, 구풍의 상황은 심각했다.

물 위에 떠다니는 배는 흔들린다. 그 흔들림에 영향을 받으니 검을 펼치는 데도 문제가 생겼다.

"화산의 십사수매화검법이 대단하다고는 들었지만, 그건 어디까지나 땅 위에서의 이야기일뿐."

"헛소리!"

"방금 전에도 검이 흔들리지 않았는가?"

육대랑이 비릿하게 웃었다.

원래라면 올곧게 뻗은 찌르기였다. 하지만 미세하게 흔들렸다. 일부러가 아니다. 배 위라서 그렇다.

"그에 비해 내 수안창법(水安槍法)은 흔들림 하나 없이 확실하고 무시무시하지. 크흐흐."

수안창법의 출처는 관부다. 그것도 일반 병사가 아니라, 그럭저럭 실력 있는 자에게 허가되는 창법이다.

그만큼 수준도 상당히 높았다. 물 위에서 펼치는 창은 재빠르고, 강맹하고, 정확하고, 완벽했다.

배의 흔들림 따위는 전혀 문제가 되지 않는다. 반대로 물과 하나가 된 것처럼 움직인다.

"화산의 검이 얼마나 대단한지는 충분히 알았으니, 슬슬 승부를 내자. 안줏거리 정도는 됐다, 십사검협."

꽈아악!

창대에 쥔 손에 힘이 들어갔다. 퍼런 핏줄이 툭 튀어나오고, 근육이 꿈틀거렸다.

육대랑의 기도가 변하자, 구풍도 잔뜩 긴장했다. 온 신경을 집중하면서 다음 공격을 기다렸다.

'큰일이다.'

육대랑이 지금까지 거의 반은 정찰이었다는 걸 구풍도 알고 있었다. 그렇기에 속이 바싹 타들어 갔다.

그가 전력을 다하면 자신은 얼마 버티지 못한다.

서로를 마주 보고 있는 일촉즉발의 순간―!

"으아아아악!"

구풍의 머리 위로, 수적이 비명을 지르면서 넘어갔다. 그 몸은 가속을 더해 육대랑을 덮치려 했다.

"헛!"

육대랑이 놀라 자기도 모르게 창을 수직으로 그었다. 날아온 수적의 몸이 창날에 부우욱 하고 갈랐다.

수적이 나무토막처럼 두 갈래로 쪼개졌다.

"이게 뭐⋯⋯."

육대랑이 구풍의 어깨 너머를 다시 살폈다.

그곳에는 주서천이 서 있었다.

"안녕, 육대랑. 만나서 반가워. 이제부터 널 죽일 거야."

주서천은 호흡을 가다듬었다. 여기까지 오는 데 힘 좀 썼다.

"아니, 서천이 네가 왜⋯⋯."

구풍이 동요하며 주서천을 쳐다봤다. 얼굴에 떠오른 감정은 혼란과 의문뿐이었다.

"사백이 어떤 심정인지 이해는 하겠지만, 그럴 때가 아닙니다. 위에 있는 것들이 어떤 행동을 할지 모르기 때문이죠."

주서천이 눈짓으로 절벽 위의 정찰병을 가리켰다.

"무사들은 서천이를 막지 않고 뭐한 겐가!"

구풍이 언성을 높였다. 그만큼 주서천의 안전은 구풍에게 민감한 문제였다.

"그, 그게⋯⋯."

무림맹 무사들이 어쩔 줄 몰라 하는 표정을 지었다.

그들은 아직도 어안이 벙벙한 상태였다.

아무도 나서지 않고 말을 하지 않자, 제갈수란이 입을 열었다.

"믿기지 않으시겠지만, 거기에 있는 주 소협께서 수적들

대부분을 전멸시켰어요."

"수란아, 위험하다. 그렇지 않아도 너는 너무 눈에 띄니까."

제갈상이 제갈수란을 뒤로 숨겼다. 합리적인 판단이었다.

"뭣이?"

구풍이 믿을 수 없는 표정을 지었다. 그러나 주변의 분위기를 보아하니 거짓말은 아닌 듯했다.

"네놈도 몰랐나?"

육대랑이 의외라는 듯 구풍을 쳐다봤다.

"……그게 정말이냐?"

구풍이 옆에 선 주서천을 잠깐 쳐다봤다.

"예, 사백."

주서천이 고개를 끄덕였다.

"대체 어떻게…… 아니, 됐다."

구풍은 할 말이 많았으나 지금은 말을 아끼기로 했다. 여기에서 한가하게 물을 때가 아니다.

"여기에서 무사하게 나간다면 다시 이야기 나누도록 하자."

"돕겠습니다."

"아니, 방해다."

구풍이 단칼에 거절했다.

"네가 실력을 숨긴 건 알겠지만, 상대가 너무 나쁘다. 솔직히 말해서 네가 끼어들면 돕는 게 아니라 방해가 되겠구나."

절정의 경지라면 또 모를까, 그 이하는 별 도움이 되지 않는다. 게다가 주서천은 지켜야 할 대상. 신경이 쓰여서 제대로 싸울 수 없다.

"그러니까 여기는 나에게 맡기……."

"고놈 참, 말 많구나!"

육대랑이 구풍의 말을 끊고 뛰어들었다. 육중한 몸이 크게 발걸음을 내딛자 배가 흔들렸다.

구풍은 주서천을 뒤로 밀쳐 낸 뒤, 앞으로 튀어 나갔다.

"흐랍!"

육대랑이 혼신의 찌르기를 날렸다. 창격에 실린 무게가 보통이 아니었다. 바람이 크게 불었다.

구풍은 그걸 보고 제자리에서 반 바퀴 돌았다. 허리춤으로 창이 아슬아슬하게 지나갔다.

또한 구풍은 회전해서 피한 동시, 검을 휘둘렀다.

'됐다!'

검극이 여전히 흔들리지만 이번엔 확실하다. 목을 훑고 지나갈 수 있을 거라 생각했다.

"어림없다!"

육대랑이 용천혈에 내공을 주입해 발을 굴렀다.

쿠웅!

"우와아악!"

선두(船頭)에 가해진 힘에 의하여 선미(船尾)가 살짝 튀어 올랐다. 강물이 난간을 넘어 안으로 들어왔다.

몇 남지 않은 수적들도, 그리고 무림맹 일행들도 중선이 갑작스레 크게 흔들리자 당황했다.

제일 당황한 건 구풍이었다. 안 그래도 불안했던 검이 큰 흔들림에 의하여 완전히 길을 잃었다.

얼른 재정비를 하려 했으나 늦었다.

모두가 균형을 잃었을 때, 육대랑은 멀쩡한 발걸음으로 나서서 구풍에게 창격을 재차 날렸다.

"죽어랏!"

구풍이 눈을 질끈 감으며 죽음을 직감했다.

"누굴 건드려!"

구풍의 후위에서 대기하고 있던 주서천이 기다렸다는 듯이 나서서 육대랑에게 검법을 펼쳤다.

"매화낙섬(梅花落暹)?"

주서천의 손에서 펼쳐진 검을 보고 구풍이 경악했다. 십사수매화검법의 오초식이었다.

"이 건방진 애송이가……!"

육대랑은 나름 자신한 초식을 주서천이 막아 내자 자존

심이 상했다. 그 얼굴이 분노로 일그러졌다.

"안 그래도 밥맛없는 얼굴인데, 그러지 마라!"

주서천이 농을 던지면서 다음 초식을 날렸다. 그가 쥔 검이 흐릿해지더니, 검격이 위에서부터 떨어졌다.

육초식인 매화낙락(梅花落落)이다.

"큭!"

육대랑이 창을 머리 위로 들어 어찌어찌 막아 냈다.

주서천은 멈추지 않고 다음 초식을 이었다. 이번에는 어지러울 정도로 많은 검격들이 날아갔다.

"매화빈분(梅花頻紛)까지!"

구풍의 경악도 계속해서 이어졌다.

"십사수매화검법이라고?"

육대랑의 얼굴이 굳어졌다. 그도 초식을 받아 내면서 그것이 방금 전까지 싸운 구풍의 검법이란 걸 깨달았다.

아니, 정확히 말해서는 화산파의 검법이었다.

'이때다!'

구풍의 눈에도 육대랑의 동요가 들어왔다.

주서천이 보여 주는 검법은 충격적이지만, 황금 같은 기회를 놓칠 정도로 바보는 아니다.

구풍이 육대랑의 옆구리를 노리고 파고들었다. 그리고 검을 번개같이 찔렀다.

"이런, 쌍!"

육대랑이 내공을 끌어 올려 몸을 급히 틀었다. 내공의 운용을 갑자기 바꿔서 속이 쓰리듯이 아파 왔다.

부욱!

구풍의 검이 육대랑의 살갗을 찢으면서 지나갔다. 검 끝에 지방과 근육이 딸려져 온 것이 보였다.

"큭!"

옆구리에서 느껴지는 화끈한 통증에 육대랑이 침음을 흘렸다. 하지만 느긋하게 아파할 수는 없다.

한번 틀어진 몸놀림은 고수들의 싸움에서 치명적이다. 적이 둘일 경우는 더더욱 그렇다.

주서천은 매화빈분의 초식을 재차 날렸다. 육대랑의 눈을 비롯한 감각을 어지럽게 하는 난검이었다.

"꺼져라!"

육대랑이 창을 크게 휘둘렀다. 창날에 실려 있던 기가 이내 바람으로 바뀌면서 쏟아 내는 난검을 막아 냈다.

"잘했다!"

구풍이 주서천을 칭찬하면서 육대랑의 뒤를 덮쳤다. 그는 온몸에서 내력을 끌어 올려 검기를 실었다.

육대랑이 얼른 몸을 돌려 구풍의 검기를 쳐 냈다. 다만 그 움직임이 예전 같지 않았다. 옆구리에 뜯겨진 부분이 상당히 된다. 고통이 잇따랐다.

"끄으으!"

육대랑이 분노를 금치 못했다. 이렇게 어이없이 당한 게 자존심이 상하고 짜증이 났다.

게다가 수하들이 이 광경을 전부 보고 있었던 게 참을 수 없었다.

이 소문이 수림구채에 퍼지게 된다면, 다른 채주들이 아이에게 당했냐며 비웃을 게 뻔했다.

"뒈져라!"

육대랑이 창을 크게 휘둘렀다. 주변에 있는 모든 걸 휩쓸겠다는 듯한 파괴력이 배 전체에서 느껴졌다.

창에 실린 기운은 압력까지 생성했고, 그를 중심으로 원형으로 퍼져 강물을 흔들어 파도까지 만들었다.

전력을 다한 그 일격은 제일 먼저 주서천을 향해 날아갔다.

'안 돼!'

구풍이 몸을 날렸다. 주서천의 강함은 의외였으나, 저건 막지 못한다. 그렇게 생각했다.

"헉!"

주서천도 온몸으로 느껴지는 창압에 기겁했다. 확실히 보통은 아니었다.

'하지만…… 기회다!'

주서천의 입가에 진한 미소가 번졌다.

검을 세우고, 돌렸다. 검면을 손바닥으로 누르면서 일 갑자에 가까운 내공 전부를 주입했다.

"어리석은 놈!"

육대랑이 주서천을 비웃었다. 이 일격을 막을 수 없을 거라 확신했다.

쿠와아앙—!

창이 검과 충돌했다.

"뭐, 뭐라고?"

그러나 육대랑의 예상은 완전히 빗나갔다. 몇 배나 작은 아이, 주서천이 검으로 창을 막았다.

주서천의 몸이 다섯 보 정도 뒤로 물러났다. 바닥에 발자국이 길게 남았다.

"쿨럭!"

하지만 완벽하게 막아 낸 건 아니다. 주서천도 피를 한 움큼 토해 냈다.

검기를 형성할 수 있다면 좋겠지만, 안타깝게도 주서천은 아직 거기까지의 경지는 아니었다.

그 대신 무식하게 내공을 이용해서 막았다. 일 갑자에 가까운 내공은 장식이 아니었다.

"잘했다, 서천아!"

구풍이 공간을 접듯이 이동했다. 그도 전력을 다했다. 온몸을 던져 육대랑의 등에 검을 꽂았다.

푸욱!

검 끝이 등살을 갈라내며 빨려 들어가듯이 흡수됐고, 그 너머에 있는 가슴을 꿰뚫고 튀어나왔다.

"커허억!"

육대랑이 두 눈을 부릅떴다.

"마, 말도 안 돼……."

육대랑이 허리를 굽히고 몸을 파르르 떨었다.

"방심했다, 도수창병."

구풍이 검을 뽑으면서 뒤로 물러났다.

"바, 방심했다고?"

육대랑이 어이없는 표정을 지었다.

"커흐흑, 지랄 마라……."

주서천 같은 수를 누가 예상이나 했겠는가.

십사수매화검법을 십사검협만큼 능숙하게 펼치고, 자신이 전력을 다한 일격까지 막아 버렸다.

제갈공명이 돌아와도 이렇게까지 상식에서 벗어난 일은 예상하지 못한다.

"채주가 당했다!"

"으아악!"

첨벙!

소수의 살아남은 수적들이 배 바깥으로 몸을 던졌다. 그들에게는 이게 더 생존 가능성이 높았다.

"빌어먹을……."

육대랑이 원망스러운 목소리로 중얼거렸다.

"혼, 자…… 죽을 수는…… 없다!"

육대랑이 외치면서 창을 역수로 쥐었다.

"안 돼!"

구풍이 뒤늦게 다급한 목소리로 외쳤으나, 늦었다.

육대랑은 이미 창을 높이 들어 아래로 내리찍었다.

콰아앙!

안 그래도 아까 육대랑의 발길질로 엉망이 되었던 선두가 이번 일격에 버티지 못하고 박살 났다.

선두를 시작해서 생긴 금은 거미줄처럼 퍼져 중선 전체를 감싸 안았고, 이윽고 산산조각이 났다.

"으악!"

"악!"

풍덩

배가 부서지면서 그 위에 있던 생존자, 사망자 모두 할 것 없이 전부 물에 빠졌다.

훗날, 천하백대고수 중에서도 장수했던 육대랑이 제일 먼저 장강의 밑바닥 속으로 끌려가 사라졌다.

"어푸, 어푸!"

제갈삭이 허우적거렸다.

"이걸 잡으십시오!"

근처에 있던 무림맹 무사 한 명이 나무판자를 가져와 제갈삭에게 건넸다. 배의 파편이었다.

"다행히 물살이 빠르지 않습니다!"

제갈상도 배의 파편에 몸을 맡긴 채 외쳤다.

"다들 저 바위 위로 가시오!"

구풍이 헤엄치면서 한쪽을 가리켰다.

집채만 한 바위들이 즐비한 곳이었다. 지상과 연결된 게 보였다. 천만다행이었다.

구풍의 외침에 일행은 서로를 의지하여 큰 바위에 올랐다.

"콜록, 콜록! 다들 무사하오? 다친 사람 없소?"

구풍이 기침을 토해 내면서 목소리를 높였다. 그는 제일 먼저 연화각원들부터 찾았다.

제일 먼저 눈에 들어온 건 장서은이었다.

"사, 사백!"

장서은이 새파랗게 질린 안색으로 다급히 외쳤다.

얼굴이 질린 건 강물의 차가움 때문이 아니었다.

"사, 사제가 안 보여요!"

"뭐……?"

구풍이 아연실색하고 주변을 슥 둘러봤다. 장홍과 장서은은 보였지만, 막내가 보이지 않았다.

혹시라도 다른 바위에 걸친 건 아닌지 샅샅이 뒤져 봤지만 머리카락조차 보이지 않았다.

"승계야!"

옆에서 제갈상의 초조한 목소리가 들렸다. 그의 눈동자도 이리저리 바쁘게 돌아갔다.

안색 또한 좋지 못했다.

"승계야, 근처에 있다면 대답해! 승계야!"

제갈상의 애달픈 목소리가 울려 퍼졌다.

"이럴 수가……."

구풍이 한탄했다.

주서천과 제갈승계.

그 둘만 보이지 않았다.

第五章
행방불명(行方不明)

　삼 주 뒤.

　귀주, 옹안.

　"하하하, 좋아! 좋아! 아주 좋아!"

　이의채가 덩실덩실 춤을 추면서 함박웃음을 터뜨렸다. 품 안에 쥔 주머니의 무게가 좋았다.

　삼 주 전, 옹안의 군량 보급을 금의상단이 맡았다. 덕분에 상단을 비약적으로 성장시킬 수 있었다.

　귀주는 상인에게 위험한 땅이다. 하지만 동시에 기회의 땅이기도 했다. 분쟁이 자주 일어나는 만큼, 군량의 소모가 빨랐다. 그만큼 보급도 빈번했고, 자신의 입장에서는 거래량이 늘어나니 쌍수를 들고 환영할 일이었다.

이의채의 주머니는 거래의 양만큼 불려 나갔다.

그리고 이 삼 주 동안 이의채, 곧 금의상단에 쌓인 신뢰는 상당했다. 벌써부터 유명세를 탔다.

이의채는 확실히 훗날 상왕이라 불릴 만큼 대단한 상인이었다. 상재를 유감없이 발휘하여 돈을 벌었다. 보급의 품목, 시기 등을 정확하게 맞췄다. 품질 또한 실망시키지 않았다.

이의채가 하는 일은 간단명료했다. 좋은 품질의 상품을 최대한 싸게 사 오고, 그걸 적당한 가격에 판매한다. 말만으로는 간단하게 보여도 누구나 할 수 없는 일이었다. 그는 이걸 기가 막히게 잘했다.

개양 지부장, 신도균도 그 솜씨에 최근 관심을 가졌다. 얼마 전에 신도균에게도 의뢰를 받았다.

옹안에서 장사한 지 삼 주. 벌써 개양까지 진출했다. 귀주 전체도 멀지 않아 보였다.

그 외에도 다른 수단으로 돈도 벌었다. 금의상단은 군량뿐만 아니라 무기도 취급하기 시작했다.

아직 대단한 정도는 아니지만, 주로 전장에서 버려지는 병장기들을 주워서 성도의 대장간에 팔았다.

그리고 성도의 대장간에서 하급의 병장기들을 헐값에 산 뒤, 전선에 가서 무사나 낭인들에게 팔았다.

돈에 눈이 먼 낭인들나 흑도 방파의 잡배가 금의상단을 노린 적도 있었으나, 옹안 지부와 더불어 신도균에게까지 연결되어 있다는 소식에 얌전히 포기했다.

금의상단을 건드릴 수 있는 건 귀주에서 무림맹을 적대하고 있는 사도천 정도다.

"흐히히! 돈이다, 돈!"

이의채가 기괴한 웃음소리를 흘리며 좋아했다.

돈, 특히 황금은 자신의 마음을 충족해 준다. 여자를 안는 것보다 돈을 세고 있는 것이 더 좋았다. 솔직히 말해서 사람들이 왜 주색에 빠지는지 이의채는 전혀 이해가 가지 않았다.

"냄새를 맡는다거나, 만지작거리는 건 돈만으로 충분하지. 흐흐, 요놈들…… 죽겠다, 죽겠어."

이의채가 황홀한 눈으로 은자가 쌓인 산에 얼굴을 묻고 비벼 댔다. 조금 아팠지만 그것조차 쾌감으로 변했다.

"부히힉, 히히히……."

마교도와 혈교도도 질릴 정도의 광기였다.

"아, 주 대협에게는 정말 큰 빚을 졌구나. 그가 아니었으면 아직까지도 누구 엉덩이나 핥고 다녔겠지."

이의채가 은자의 산에서 얼굴을 떨어뜨렸다.

"내 그 빚 갚고 싶기는 한데, 이승에 없으니 어찌하겠소. 아니, 어찌하겠나. 주 공자."

말이 점점 짧아졌다.

"주 공자, 부디 극락왕생(極樂往生)하시오. 내 그대를 위해 은자…… 아니, 은자는 좀 그렇군. 어차피 이 세상에 없는 사람이 아닌가. 그럼 세 푼? 두 푼? 아니…… 한 푼도 솔직히 좀 그렇지. 죽은 사람이 어떻게 돈을 써? 그냥 마음만 좀 보내 주자."

이의채가 손을 모아 합장했다.

"주…… 뭐였더라. 이름도 기억이 안 나네."

이의채가 주 뭐시기를 깨끗하게 잊었다.

똑똑.

"누군가?"

이의채가 은자들을 치우면서 물었다.

"상단주님, 웬 무인이 만나고 싶다고 합니다."

문밖에 있는 무사가 답했다.

"돈 좀 많아 보여?"

"땡전 한 푼도 없어 보입니다."

"구파일방이나 오대세가, 아니면 무림맹이래?"

"낭인이라 합니다."

"이름 좀 날렸대?"

"무명입니다."

"내쫓아!"

예전 같았으면 모를까, 지금은 그런 놈에게 내줄 시간 따위는 없다.

그 시간에 다른 이득이 되는 일을 찾는 게 훨씬 낫다.

"예."

대화가 끝났다. 이의채가 이번에는 금자를 꺼내서 세기 시작했다. 그의 입꼬리가 기분 나쁠 정도로 치켜 올라갔다.

똑똑.

"아, 또 뭐!"

이의채가 자리에서 벌떡 일어났다.

"들어가도 됩니까?"

문 바깥에서 목소리가 들렸다. 그런데 방금 전의 무사와는 다른 목소리였다.

"그래, 들어와!"

그래도 익숙한 목소리였다. 상단 소속의 또 다른 호위 무사인가 싶었다.

끼이익.

문이 열리면서, 갓 성년이 된 남자가 들어왔다.

"으악!"

이의채가 비명을 지르면서 뒤로 벌러덩 넘어졌다.

"다, 다, 당신은!"

이의채가 덜덜 떠는 손가락으로 남자를 가리켰다.

"안색이 훤해 보입니다, 상단주. 비고 털 준비는 됐습니까?"

"흐아아악! 귀신이다! 귀신이 틀림없다!"

이의채가 돈주머니들을 품에 안고 몸을 웅크렸다.

"멋대로 사람 죽이지 맙시다, 상단주."

주서천이 씩 웃으면서 고개를 뒤로 돌렸다.

"들어와라."

"쓰러져 있는 무사는 어쩌고?"

주서천의 뒤로 아홉에서 열 살 정도 될 법한 소년이 따라 들어왔다. 또래 아이들보다 허약해 보였다.

"설마……."

이의채가 소년을 보고 눈썹을 파르르 떨었다.

"제갈승계요. 알고 있습니까?"

"귀신이 둘이나 있다! 물러가라! 너희에게는 한 푼의 돈도 주지 못한다!"

이의채가 재차 기겁하면서 소리를 꽥꽥 질렀다.

"게 누구 없느냐!"

"시끄럽습니다, 상단주."

주서천이 주먹을 휘둘러 벽을 후려쳤다. 쿵, 소리와 함께 벽에 주먹만 한 구멍이 났다.

"난 죽지 않고 눈앞에 멀쩡히 살아 있으니 입 좀 다물어

주시오. 할 이야기가 있습니다."

이의채가 머리를 살짝 들어서 구멍이 난 벽을 확인했다. 그러곤 방금 전 모습은 거짓말이었던 것처럼, 자리에서 벌떡 일어나 굽실거렸다.

"무림에선 대협을 보고 죽었다 하였지만, 저만큼은 생존해 있을 거라 믿어 의심치 않았습니다. 대혁업!"

이의채는 뻔뻔했다.

*   *   *

삼 주 전, 한 소식이 무림 전역을 강타했다.

천하백대고수, 도수창병 육대랑의 사망. 그리고 그를 죽인 자가 십사검협 구풍이라는 소식이었다.

고수들은 항상 무림의 시선을 끈다. 화제가 되기도 한다. 이날 있었던 일이 금세 소문이 났다.

"그런데 대체 왜 싸운 겐가?"

"장강을 건널 때면 그 수적 놈들이 통행세를 요구하지 않는가. 아무래도 그 도중에 화산파와 제갈세가의 아이들이 화를 참지 못하고 선수를 친 모양일세."

"허, 역시 구파일방과 오대세가의 미래들이구면. 암, 그래야지. 그래야 정파인이 아닌가. 잘됐어."

수림구채는 의적이다 수호자라 말하지만, 헛소리다. 그들은 결국 남의 재물을 강탈하는 도적일 뿐이었다.

무림인뿐만 아니라 일반 백성들도 이 소식을 듣고 하나같이 통쾌하다는 듯이 반응을 보였다.

"하지만 그 일로 미래라 부를 수 있는 아이들이 목숨을 잃지 않았는가."

"안타까운 일일세."

주서천과 제갈승계는 행방불명 처리됐다.

그 탓에 정파 무림은 난리도 아니었다.

한 명은 화산파의 자랑인 연화각원이고, 또 다른 한 명은 제갈세가를 이끄는 가주의 아들이다. 그 둘이 수적에게 살해된 의미는 크다. 상당한 파장을 불러왔다.

피해자인 화산파와 제갈세가는 크게 분노하면서 당장이라도 쳐들어갈 것 같은 기세를 보였다.

"여기까지는 알고 계십니까?"

이의채가 이야기를 잠시 멈추고 차로 목을 축였다.

"예, 소문으로 대충이나마 들었습니다. 그런데 그다음은 잘 모릅니다."

"과연."

이의채가 고개를 주억거리고 다시 말을 이었다.

"화산파와 제갈세가가 추궁하기도 전에, 수림구채에선

정당방위라면서 반론했습니다."

"거짓말입니다. 그런 일은 없었습니다."

"웬만한 사람들은 다들 알고 있을 겁니다. 대협의 죽음은 특히 여기 옹안에서도 파장이 컸으니까요. 그만큼 자세한 사정에 대한 것도 듣게 됐습니다."

그러나 화산파와 제갈세가는 그 반론을 부정하지 않았다. 커질 대로 커진 소문 때문이었다.

강호뿐만 아니라 중원 사람들 대부분이 화산파와 제갈세가 일행이 수림구채의 불의에 참지 못하고 먼저 공격했다고 알고 있다. 실제로 그거에 대해 찬사를 받고 있었다.

하나 여기에서 그걸 부정하게 된다면 화산파와 제갈세가의 입장이 애매해진다. 수적의 불의를 평소에 침묵하고 무언의 허용을 한다는 뜻이 될 수도 있었다.

반대로 더 큰 비난이 돌아올지도 모른다. 그 탓에 부인을 할 수가 없었다. 주서천과 제갈승계의 신분이 평범하진 않아도, 그 논란을 감수하면서 지켜 줄 정도는 아니었다.

"결국 양측 다 이렇다 할 의견을 내놓지 못한 채, 끝났습니다. 대협도 알다시피 무림의 다른 세력 탓에 화산파와 제갈세가가 마음대로 움직일 수는 없지 않습니까?"

수림구채와 정면승부를 하게 되면 피해가 보통이 아니다. 그건 곧 힘의 균형을 깨뜨리는 일이 된다. 그다음에 기다릴 일은 약해진 정파를 노리는 전쟁이었다.

"한데, 그러던 중 대협과 제갈 공자께서 돌아오셨습니다. 도대체 무슨 일이 있었던 겁니까?"

이의채가 아직도 믿기지 않는 얼굴로 둘을 쳐다봤다.

"저희는 장강을 통해 일행과 따로 떨어진 곳까지 떠내려 갔습니다. 거의 호북에 닿을 정도였죠."

부상을 입은 상태로 의식을 잃은 제갈승계를 데리고 있는 건 힘들었지만, 다행히 어찌어찌 생존했다.

"그리고 호북에서 남하하여 호남으로 내려가, 다시 이곳 귀주로 돌아왔습니다. 그러다 보니 시간이 좀 걸리더군요."

"아니, 왜 돌아온 겁니까? 호북은 정파의 영역인 데다가…… 제갈세가가 있지 않습니까?"

"그래서입니다."

주서천이 의미 모를 미소를 지었다. 이의채가 뭐라 묻기도 전에, 주서천이 선수 쳤다.

"저나 승계가 발견되면 분명 난리가 날 것이고, 각자 화산파와 세가로 돌아가 보호받을 겁니다. 그러면 정말 몇 년 동안 나올 수 없게 되지요. 그러면 삼안신투의 비고를 내버려 둘 수밖에 없게 됩니다."

"아……!"

이의채가 탄성을 내뱉었다.

"하지만…… 아, 아닙니다."

비고는 도망가지는 않는다. 하지만 몇 년 지체했다가 다른 누군가에게 털릴 수는 있었다.

'이렇게까지 하는 걸 보면, 진짜 있을지도 모른다.'

약 삼 주, 아니 거의 한 달 전에 들었지만 아직까지도 반신반의했다. 정확히는 아무 생각이 없었다. 그저 군량의 상권을 얻기 위해서 무의식적으로 일을 처리해 두었을 뿐이었다.

하지만 오늘날, 주서천이 이렇게 남들에게 비밀로 하고 자신을 찾아온 걸 보니 생각이 바뀌었다.

"제갈 공자를 데려온 건 비밀 엄수를 위함입니까? 과연, 대협. 철저하십니다. 사람도 구하고, 계획에 대한 대비도 철저히 하다니……역시 대협이십니다."

이의채가 손바닥을 비비면서 뻔한 아부를 했다.

"아닙니다. 승계는 저희의 또 다른 동업자입니다. 그가 없다면 비고를 터는 건 불가능합니다."

주서천은 비고에 설치된 기관에 대해서 가르쳐 주었다.

"진짜로 비고가 있는 거 확실해?"

옆에 앉은 제갈승계가 미심쩍은 표정을 지었다.

"확실하건 말건, 일단 따라와. 동생아, 설마하니 생명의 은인을 모른 척하고 배신하는 건 아니겠지?"

"……윽."

제갈승계가 할 말이 있는 표정을 지었으나, 이내 입을 꾹 다물었다. 주서천은 제갈승계를 구한 뒤, 그에게 생명의 은인이라는 명목하에 자신을 따라오게 만들었다.

제갈승계는 무척 싫어했으나, 그 빚이 마음에 걸려 결국 불만 어린 얼굴을 하면서도 따라왔다.

"자, 상단주. 준비는 됐습니까?"

주서천이 옅게 웃었다.

"따르겠습니다, 대협!"

*　　　*　　　*

섬서, 화산파.

"날 용서하지 말거라!"

구풍이 머리가 땅에 닿을 정도로 허리를 숙였다.

"사형……."

유정목은 곤란한 표정을 지었다.

똑같은 삼대제자라 할지라도 구풍은 삼대제자 중에서도 제일 위에 있다. 이런 사과를 받으면 유정목만 곤란했다.

"연화각의 보호자로서 책임을 다하지 못했다. 나 때문에 네 제자가 희생됐다…… 정말로 미안하구나."

구풍의 목소리는 죄책감으로 가득 찼다. 그는 고개를 제대로 들지도 못했다.

약 삼 주 전, 육대랑에게 기적적으로 승리하고 살아남았다. 하지만 주서천 만큼은 구하지 못했다.

화산파에 보고를 하고, 무림맹 무사들과 몇 날 며칠을 정찰을 했지만 결국 발견하지 못했다.

더 찾고 싶었으나 본산에서 귀환 명령이 급히 내려져 연화각원들을 데리고 화산으로 돌아왔다.

탐색은 멈추지 않고 진행됐으나, 결국 단서 하나 잡지 못하고 얼마 전에 돌아왔다.

사실상 사망 판결을 내린 것이나 다름없었다.

"다 내 잘못이다. 만약 네 제자를 조금이라도 믿었다면, 이렇게까지는 되지 않았을 게다."

참고로 주서천의 평가는 완전히 뒤바뀌었다.

더 이상 내화외빈이라 부르는 사람은 없었다.

다들 주서천의 활약에 놀라워했다.

그동안 힘과 실력을 숨기고, 주변의 조롱에도 아랑곳하지 않은 채 배움에 힘쓰는 태도에 감탄했다.

하나 그렇기에 더더욱 안타까웠다. 그런 인재를 이렇게 허무하게 잃은 것에 탄식을 금치 못했다.

"음……."

유정목은 초절정 고수가 된 이후로 오랫동안 강호에 나

가 있었다. 그러던 어느 날 주서천에 대한 소식을 듣게 되면서 화산파로 급히 귀환했고, 그게 오늘이다.

마침 화산에 머무르고 있던 구풍은 유정목의 귀환 소식에 제일 먼저 찾아가 허리부터 숙였다.

"마음 같아서는 수림구채, 그놈들을 지금이라도 찾아가 전부 보복하고 싶은 마음이나……."

사정이 여러모로 꼬여서 마음대로 움직일 수 없었다.

이번 일은 무림맹에서도 따로 조사하고 있었다.

육대랑이 미치지 않는 이상, 연화각원과 제갈세가의 직계 혈족들을 갑작스레 습격할 리는 없다.

게다가 정보에 의하면 일행이 혹시라도 흩어져서 장강을 건널까 봐 일부러 배들을 통제했다고 한다. 체계적인 습격이었으니 무언가 있을 거라 의심을 하고 있었다.

"내 비록 제자를 두지는 않았으나, 제자를 잃은 슬픔과 분노, 고통을 모르는 건 아니다. 나는 아무래도 상관없으니, 날 부디 원망하고 증오하여라."

제자에게 스승이 곧 부모와 같다 하면, 스승에게 제자란 건 곧 자식이기도 하다. 비록 피 한 방울 섞이지 않았으나, 그 이상의 사랑과 연으로 이어져 있다.

"내 이 일은 평생 동안……."

아까부터 가만히 듣고 있었던 건 아니다. 유정목도 그를 진정시키려고 시도해 봤다. 하지만 구풍은 계속해서 비슷한 말의 사과만 반복했다. 마치 자신을 죽여 달라고 외치는 것 같았다.

"사형."

결국 유정목도 할 수 없이 구풍이 하던 말을 도중에 끊었다.

"그래."

구풍이 드디어 올 것이 왔다는 표정을 지었다.

그러나 유정목에게서 들려온 말은 전혀 달랐다.

"전 괜찮으니, 너무 그러지 마십시오."

"사제."

"반대로 이러시는 게 저에게는 더 힘든 일입니다."

유정목이 쓴웃음을 흘렸다. 그 눈은 어딘가 모르게 복잡해 보였다.

"강호에 나가 있다가 화산에 돌아온 지 얼마 되지 않습니다. 심신이 좀 지쳐서 그런지, 혼자 있는 시간이 필요합니다. 안 그래도 본산에 오를 때부터 주변의 시선이 여러모로 많더군요."

"……미안하다. 내 생각이 짧았다."

구풍이 어두운 안색으로 재차 사과했다. 이게 도대체 몇 번째인지도 기억나지 않았다.

"그러니 당분간은 내버려 두실 수 있겠습니까?"

"그래, 알겠다. 배려하지 못해서 정말로 미안하다. 쉬어라."

구풍이 물러갔다. 그 두 어깨는 죄책감으로 묵직했다.

유정목은 구풍이 떠나간 걸 확인한 뒤, 한숨을 내쉬었다.

"서천아, 너는 이 사부 생각보다 더 대단한 아이였구나."

오른손을 들어 품 안을 뒤적거렸다. 안에서 고이 접어 둔 서신 한 장이 나왔다.

제자에 대한 소문이 막 퍼져 자신이 있는 무림맹 지부로 왔을 무렵, 전서응이 날아왔다. 처음엔 무언가 임무에 관련된 건 아닌가 하고 확인했지만 전혀 아니었다. 사적인 일이었다.

죽었다고 알려진, 자신의 제자가 발신자였다.

서신의 내용은 상당히 많았다. 축약하자면 자신은 무사하나 당분간은 비밀로 해 달라는 것이었다.

그리고 걱정을 끼쳐 죄송하다며, 제갈승계와 함께 반드시 무사히 돌아가겠다는 말이 쓰여 있었다.

"걱정되니, 너무 늦지는 말거라······."

유정목이 고개를 들어 하늘을 올려다봤다. 구름 한 점 없는 맑은 날씨였다.

*　　*　　*

옹안, 금의상단.

이의채가 옹안을 중심으로 활동하다 보니, 아예 집을 구매하였다. 옹안의 집값은 의심할 정도로 저렴했다. 옹안의 특징을 생각해 보면 전혀 이상한 게 아니다.

마당 앞에 무인으로 보이는 자들이 모였다. 열 명이었다. 주서천은 이곳에 들어올 때 그들을 확인했다.

아홉 명이 이류 정도의 수준이었고, 딱 한 명이 절정에 가까운 일류였다.

"실력은 그렇게까지 높지 않아도 괜찮습니다. 중요한 건 신뢰입니다. 비고에 대한 건 후에 어차피 알려질 터이니 상관없지만, 재물을 들고 도망치지 않아야 할 사람들로 구성되어 있어야 합니다."

"그거라면 걱정하실 필요 없습니다."

이의채가 득의양양한 미소를 지었다.

"혹시나 상단주님의 혈연이라서 믿어도 된다, 라는 건 아니겠지요. 그런 거라면 사양합니다. 보물 때문에 친형제도 죽이는 세상 아닙니까."

"저 그렇게 어수룩한 놈 아닙니다, 대협."

이의채가 걱정 말라는 듯이 말했다.

"밖에 있는 저들은 하나같이 자신의 가족을 소중히 여기

는 사람들뿐입니다. 또한, 가족 중에서 부양해야 할 사람이
한 명씩 있습죠.”

“설마, 그 가족을 인질로 삼은 건 아니겠죠?”

제갈승계가 찌푸린 인상으로 물었다.

“어이쿠, 제갈 공자. 전 그렇게까지 악한이 아닙니다.”

이의채가 손사래를 쳤다.

“전 그들과 거래를 했습니다. 저에게 충성을 맹세한다
면, 의원의 진찰과 치료를 무료로 해 주겠다고요.”

사람이란 건, 때때로 각자의 소중한 사람을 위해서 뭐든
지 할 때가 있다. 이의채는 그 사랑을 이용했다.

“일부러 제 지원이 없다면 채 며칠도 버틸 수 없을 정도
로 위독한 자들만 찾아봤습니다. 또한, 그들의 인성도 사전
에 조사해 두었습니다. 재물이 생겨 그걸로 가족들과 야반
도주할 경우는 빼 두어야 하지 않겠습니까? 허허허!”

‘이걸 뭐라 해야 하나.’

주서천은 이의채의 말에 속으로 혀를 내둘렀다.

협박은 아니었으나, 잘 생각해 보면 협박이나 다름없다.
‘네가 배신하면 가족이 죽을지도 모른다.’ 라고 받아들일
수도 있는 상황이었다.

하지만 그렇다고 완전히 악이라고 하기에도 애매했다.

애초에 남에 불과한 사람들이다. 이의채가 비싼 돈 써 가

면서 의원을 불러 돌봐 줄 의리는 없다.

이의채는 어디까지나 협박이 아니라 제안한 것뿐이었고, 그걸 받아들인 건 그들 장본인들이니까.

'소문대로 사람 다루는 것도 귀신같군.'

거래에 뛰어나다는 건, 곧 협상도 잘한다는 의미다.

상왕은 사람의 의도를 귀신같이 눈치챘고, 무엇을 원하는지 정확히 알고 있었다.

그리고 그걸 이용해 최대한으로 이득을 취했다.

이 대상은 정파건 사파건 마교건 혈교건, 모습을 드러내지 않은 세력이건 가리지 않았다.

괜히 전란의 시대에서 끝까지 살아남은 게 아니다.

'그렇기에 또 무서운 사람이기도 한 거지.'

이의채는 사람의 감정을 누구보다 잘 이해한다. 잘 알고 있어야 그걸 돈벌이로 이용할 수 있어서다.

그 이해에는 어떠한 감정도 없다. 조롱도, 비웃음도, 분노도, 동정도 존재하지 않는다.

그냥 정말로 순수하게 돈벌이로 쓰는 것뿐이었다.

"무사들에게는 무덤을 도굴할 예정이라고 미리 일러두었습니다."

"저에 대해서는 어떻게 소개했습니까?"

"별말 없이 명령을 따라야 할 고수라고 했습니다. 대협이나 제갈 공자의 얼굴도 모르는 자들이니 정체를 들킬 염려는 하지 않아도 될 겁니다."

"잘했습니다. 비고는 중경에 있습니다. 자세한 위치는 여기에 있으니, 근처 마을에 사람을 보내 두십시오. 돌아갈 때 빠르게 연락할 수단이 필요합니다."

주서천이 암호로 된 지도를 건넸다.

"그리고 이건 암호 해독법입니다. 다 외우시고 불태우십시오."

"오오, 과연 대협이십니다! 제갈공명의 뺨을 후려칠 정도로의 지식! 그야말로 문무양도(文武兩道)군요!"

이의채가 과장스레 감탄하면서 이마를 손바닥으로 쳤다.

"캬하! 이 소상. 너무 감탄해서 눈물이 절로 나올 것 같습니다요!"

"그럼 우세요."

"남자라는 건 쉽게 눈물을 보이지 않는 법입니다."

이의채가 여비가 든 돈주머니를 건넸다.

"대협의 여행길, 제가 옆에서 뒤에서 그리고 보이지 않는 곳에서 지원하도록 하겠습니다. 삼안신투의 뼛속까지 털고 오십시오. 물론 뼈보다는 재물이 먼저인 건 알고 계시겠지요?"

"상단주, 침부터 닦고 말하십시오."

"헛! 이런, 실례했습니다. 그럼, 다음에 다시 뵙도록 하겠습니다. 부디 무사히 다녀오십시오."

*　　　*　　　*

주서천은 제갈승계, 그리고 이의채가 내준 무사 열 명을 데리고 중경으로 떠났다.

얼마 전까지만 해도 중경은 주서천과 제갈승계의 탐색으로 정파인들이 가득했지만, 이제는 아니다.

수적들도 보이지 않았다. 적림십팔채에서도 당분간은 노략질을 자중하라는 명령을 내린 상태였다.

"저기의 이제 막 털 난 어린애를 믿으라는 거야?"

비고행(秘庫行)이 시작되기 전, 무사들은 주서천을 처음 봤을 때 어이없어했다. 상단주가 고수라고 소개한 사람이 이제 막 성년에서 벗어난 정도였다. 중원에서의 성년은 십오 세. 아직 청년이라 부르기에도 부족한 나이였다.

만약 주서천이 사실은 열두 살밖에 되지 않았다는 걸 알았다면, 경기를 일으켰을지도 모른다.

"쉿, 입 다물어라. 아무래도 정말인 것 같으니까."

십 인의 무사 중, 유일하게 일류에 오른 무사가 검지를 들어 입가로 옮겼다. 조용히 하라는 손짓이었다.

고수는 하수를 알아본다. 하지만 반대로 하수는 고수를 알아볼 수 없었다.

"그게 정말입니까, 왕 형?"

왕 형은 일류 무사, 왕일을 말한다.

왕일은 이름이 조금 촌스럽긴 해도 절정에 가까운 일류 무사다. 밑바닥부터 올라온 자라 나름 존경도 받는 자였다. 그만큼 따르는 자도 많다.

"그냥 무인이 아닌 건 아닙니까?"

일반인들은 무공을 배우지 않았다. 그렇기에 경지도 없다. 알아볼 수 없는 게 당연하다.

"너희도 주 대장의 걸음걸이나 빈틈없는 자세를 똑똑히 보았을 텐데?"

"으음."

"자존심 때문에 눈을 돌리지 마라. 그리고 설사 그가 고수가 아니어도 우린 명령에 따라야 한다. 옹안을 떠나기 전, 상단주님께 그리 듣지 않았는가?"

"죄송합니다, 왕 형."

"나한테 사과할 필요는 없네. 나중에 잠시 쉴 때, 주 대장께 가서 사과하게나. 자칫 잘못하면 상단주님이 우리를 나쁘게 볼 수도 있으니 말일세."

第六章
비고진입(祕庫進入)

　중경의 대부분의 지역은 사암(砂岩)이나 석회암(石灰巖)으로 된 낮은 구릉으로 되어 있었다.

　삼림의 북부, 장강이 이어진 중부는 제외이다.

　동부에는 암장(巖場)이라는 지역이 있다. 사암과 석회암 같은 바위들이 특히 즐비한 곳이었다.

　주서천 일행은 암장에 도착했다.

　"여기에 뭐가 있다는 겁니까?"

　왕일이 물었다.

　암장 근처에서는 농업이나 목축업도 불가능했다. 죄다 바위밖에 없었고, 그렇다고 철광석 등이 잠들어 있는 광산이 있는 것도 아니었다.

있는 건 낮은 구릉 지대에 펼쳐진 바위뿐. 제대로 된 식물도 자라지 않으니 죽음의 땅과 다름없었다.

마지막 마을에서 휴식을 취한 지 어언 삼 일 전. 일행은 지칠 때로 지쳐 갔다. 주서천은 암장 중에서도 사람들이 지나간 흔적 하나 없는 깊숙한 곳으로 들어갔다.

"보물 창고."

주서천이 입가에 진한 미소를 흘렸다. 그의 반짝이는 눈 너머에는 서로 겹겹이 붙은 바위들이 보였다.

"어……?"

제갈승계가 머리를 들어 바위를 슥 살폈다. 그의 눈은 의아함으로 가득했다.

"무언가, 이거……."

"오, 동생. 뭔지 좀 알겠어?"

주서천이 반색하면서 물었다.

"아니, 뭐라 설명할 수는 없는데…… 음, 그래. 어디 보자 뭔가 이쪽이 이상한 것 같아."

제갈승계가 답지 않게 적극적으로 나서면서 바위 한 부분을 매만졌다. 그의 눈이 탐구심으로 빛났다.

"하고 싶은 대로 해 봐."

주서천은 아무 바위 위에 앉았다. 앉은 자세를 보니 당분간 일어나지 않을 것 같았다.

'휴, 괜히 기관의 일인자가 아니야. 승계를 데려오지 못했다면 입구도 못 찾을 뻔했어.'

조금 헤매긴 했으나, 전생의 기억을 더듬어 가면서 비고의 위치에는 성공적으로 찾아올 수 있었다. 그런데 정작 와 보니 기억과 조금 다른 게 하나 있었다. 출입구의 존재였다.

전생에서 왔을 때는 이미 발견된 이후라 출입구가 개방되어 있는데, 오늘 와 보니 아무것도 없었다.

솔직히 당황해서 말이 나오지 않았었다.

달칵.

"어, 이거다."

바위를 한참 만지던 중, 무언가 소리가 났다.

쿠구구궁!

그 직후, 곧바로 굉음이 터지면서 땅이 흔들렸다. 처음에는 하늘이 무너지는 건 아닌지 착각이 들었다.

"뭐, 뭐야!"

무사들이 기겁했다. 조금 있으면 노장 소리도 들을 만한 왕일도 당황한 기색이 역력했다.

"호, 그런가. 이렇게 해 둔 건가. 과연, 대단해."

지면에서부터 치솟아 올라오는 진동에 주변 일대가 울부짖듯이 흔들렸다.

제갈승계는 일찍이 중심을 잃고 바닥에 주저앉았으나, 딱히 겁먹은 것 같지는 않아 보였다. 반대로 호기심 어린 얼굴로 신기하다는 듯, 주변 상황을 살펴보면서 중얼거렸다.

　평소에는 겁이 잔뜩 많은 주제에 기관과 관련되면 이렇게 별난 성격을 보이곤 했다.

　'드디어!'

　이 순간을 얼마나 기다렸는가!

　회귀한 이후, 비고를 떠올리며 계획을 세웠다. 몇 번이나 준비하고, 생각하고, 수정했다.

　그리고 여러 마음고생과 노력 끝에 비고를 찾았다.

　훗날, 역사에도 중요 사건으로 기록될 순간의 첫 발견자가 됐다는 생각에 탐험가의 심정이 이해됐다.

　"미안하오."

　원래라면 이 광경의 주인은 따로 있다.

　주서천은 이름도 모를 그에게 사과했다.

　"으음."

　왕일이 침음을 흘렸다.

　반 각이 덜 되는 시간이 지난 뒤, 일행들 앞에 나타난 것은 지하로 내려갈 수 있는 계단이었다.

　"이게 도대체 무슨……."

　왕일이 중얼거렸다.

"목적지에 도착했소."

주서천은 바닥에 주저앉은 제갈승계를 일으키면서 말했다.

"이, 이런 기관이 설치된 무덤이라니…… 도대체 여기에 누가 잠들어 있는 거요?"

"보물."

주서천의 눈이 반달 모양으로 휘었다.

＊　　　＊　　　＊

화르륵.

횃불이 어둠을 밝혔다. 계단을 내려오자 보인 건 수백 명은 수용할 수 있을 것 같은 공동이었다.

공동의 바닥에는 세 개의 눈이 그려진 문장이 있었다.

"설마……."

왕일이 바닥에 그려진 문장을 보고 무언가를 떠올렸다. 아니, 왕일뿐만이 아니다. 다른 무사들도 마찬가지였다.

"이건 삼안신투의 문장이잖아!"

제갈승계가 그들을 대변해 놀란 목소리로 외쳤다.

삼안신투는 모르는 사람이 없을 정도로 전설적인 도둑이다. 대여섯 살 아이들도 안다.

"아니, 그럴 리가."

머릿속에 떠오른 추측이 있었으나, 너무 허황된 이야기인지라 금세 머리를 좌우로 흔들어 부정했다.

"이보시오, 대장."

굵직하지만, 남성이 아닌 여성의 목소리였다.

십 인의 무사 중, 유일한 여성 무사였다.

다만 덩치가 웬만한 남자들보다 컸고, 잘 단련되고 부풀어 오른 근육은 완벽한 조형미를 자랑했다.

입가에는 세로로 흉터가 길게 나 있고, 눈매가 상당히 날카롭다. 그 얼굴은 결코 예쁜 편이라고는 할 수 없었고, 애초에 연애 대상으로 볼 수 없는 중년 여성이었다.

"무슨 일이오, 초련(初鍊)."

주서천이 공동 주변을 꼼꼼히 살피면서 답했다.

"솔직히 말하시오. 여기 대체 누구의 무덤이오?"

초련의 얼굴은 잔뜩 굳어 있었다.

"내가 아는 바에 의하면 무덤이 아니라 비고요."

적어도 전생에선 삼안신투의 사체는 발견되지 않았다.

"그러니까, 누구 말이오?"

초련이 답답하다는 듯이 물었다.

"삼안신투."

주서천이 일말의 망설임도 없이 답했다.

"거짓말!"

제갈승계가 펄쩍 뛰었다.

"여, 여기가 그 전설적인 도둑의 비고라고? 그건 헛소문에 불과하잖아!"

삼안신투의 사후는 아무도 모른다. 그렇기 때문에 더더욱 그가 남긴 보물에 대해서 말이 많았다.

거의 한 시대를 풍미했던 도둑이 훔친 보물이 어디로 사라질 리는 없다. 분명 어딘가에 잠들어 있을 거라 생각했다. 실제로 관부의 조사도 있었다.

하지만 결국 소문만 무성했을 뿐, 발견되지 않았다.

관부도 무림도, 그리고 도굴꾼들도 전부 나서서 찾아봤지만 단서 하나 없었다.

그렇게 세월에 의해서 잊혀졌다.

"그건 들어가 보면 알지."

주서천이 앞에서 눈을 떼지 않고 말했다.

공동의 정중앙을 중심으로 가지처럼 뻗어진 통로가 총 여덟이었다. 다들 똑같이 생겨서 뭐가 다른지 알 수 없었다. 게다가 통로는 전부 칠흑으로 뒤덮여, 그 앞이 보이지 않았다.

"돌아갈 사람 있소?"

주서천이 뒤를 돌아보면서 일행의 의사를 물었다.

"……."

하지만 그 누구도 답하지 않았다. 다들 각자의 사정을 가지고 여기까지 왔다.

"정말인지는 모르겠지만…… 적어도 전진한다면 돌이킬 수 없을 것 같은데, 어떻게 할 거요?"

초련이 왕일에게 물었다.

그만큼 불안감 솟아났다.

"어떻게 하기는…… 설사 죽는다고 해도 대장을 따라야겠지."

"죽지 않게 노력하겠지만, 만약 사망할 시에는 그대들의 가족들을 책임져 주겠다고 약속하겠소."

왕일의 대답에 주서천이 바로 말을 덧붙였다.

"에휴."

그 말에 누군가가 한숨을 내쉬었다.

어쩔 수 없다는 느낌이었다.

"명령만 내리시오, 대장."

"앞장은 내가 설 것이고, 승이를 중앙에 두고 앞, 뒤, 옆으로 호위하시오. 다만 그의 시야는 가리지 마시오. 이래 봬도 우리 중에서 제일 중요한 사람이니까."

승은 제갈승계의 임시로 쓸 가명이다.

"어째서입니까?"

"이 비고 자체가 하나의 기관이라고 생각할 정도로 기관

장치가 많소. 그걸 알아보고, 해제할 수 있는 유일한 사람
이 거기에 있는 승이요."

"이 꼬맹이가?"

초련이 의심스러운 눈치로 제갈승계를 내려다봤다.

"엣헴."

제갈승계가 가슴을 펴면서 우쭐거렸다.

매사에 부정적인 사고방식을 가진 제갈승계지만, 이렇게
기관 관련으로 띄워 주면 자신만만한 모습을 보였다.

"믿지 않아도 상관없지만, 괜히 내버려 두었다가 여기
있는 모두가 죽는 거 보고 싶지 않으면 그러시오."

"……쭛."

초련이 혀를 찼다.

"또한, 대부분 제가 앞장서서 이끌긴 하겠으나 말을 최
우선으로 들을 건 승이입니다. 저와 다른 의견이라 할지라
도 승이의 말부터 따르시오. 적어도 여기에 있는 우리보다
전문가니까."

"열 살밖에 되지 않은 아이의 손에 모두의 목숨이 달려
있다고 생각하니, 마음이 영 가볍지 않군."

왕일이 한숨을 내쉬었다.

일행은 통로에 진입하기 전 마지막 점검을 했다.

"어디로 가면 되겠냐?"

주서천이 제갈승계에게 물었다.

"음, 아무런 차이 없어 보이는데?"

제갈승계가 머리를 긁적였다.

"그래, 그럼…… 여기로 가자."

좌측에서 세 번째 통로를 향해 걸었다.

"아, 잠깐만."

제갈승계가 주서천을 막아섰다.

주서천이 무슨 일이냐고 묻자, 제갈승계는 바닥에 떨어진 돌멩이 하나를 주워 입구로 던졌다.

채채채챙—!

돌이 입구를 지나친 순간, 입구 부근의 천장에서 창날이 무섭게 떨어지면서 지면에 꽂혔다.

"……차이 없다며?"

주서천이 어이없는 표정으로 물었다.

"그래. 전부 설치되어 있는데?"

제갈승계가 무슨 문제냐는 얼굴로 눈을 껌뻑였다.

"미치겠군."

왕일이 침을 꿀꺽 삼켰다.

그 안색이 살짝 파리하게 질렸다.

"그다음에는…… 뭐 없지?"

"응."

"하아. 일단 저 창날 좀 처리해야겠군."

일행은 입구를 막은 창날들을 검으로 쳐 내서 바깥으로 꺼냈다. 그 숫자가 무려 백이었다.

그다음에서야 통로로 들어갈 수 있었다.

"승 공자는 대체 어떻게 방금 전 그걸 안 거요? 괜찮다면 나도 좀 가르쳐 줄 수 있소?"

왕일이 공손한 태도로 제갈승계에게 물었다.

"그거 물어도 소용없을 거요."

주서천이 피식, 하고 바람 소리를 내면서 웃었다.

"아, 이런. 실례했소."

왕일은 제갈승계에게 있어선 기관 지식이 무공이라고 생각했다. 마치 무공의 구결을 불러 달라는 것과 같을지도 모른다는 생각에 얼른 사과했다.

"아니, 그 뜻이 아니오."

주서천이 고개를 좌우로 가볍게 흔들었다.

"그럼……?"

"승아, 모두에게 좀 알려 줘 봐."

주서천이 잠시 멈춰 서서 제갈승계를 쳐다봤다.

"왜 다들 이 쉬운 걸 모르지?"

제갈승계가 이해가 안 가는 듯 고개를 갸웃거렸다.

"음…… 말로 설명하기는 힘든데, 그냥 보이잖아요? 저기에 무언가 함정이 설치되어 있다고 말이죠."

"……."

왕일을 비롯한 무사들 모두가 침묵에 빠졌다.

"재수 없는 꼬맹이군."

초련이 중얼거렸다.

"동감이오."

주서천도 동의했다.

그도 예전에 제갈승계에게서 복잡한 건 그렇다 쳐도, 도움이 될 것 같아 간단한 것 몇 가지는 배워 두려고 해서 물어본 적이 있었다. 하지만 항상 제갈승계는 머리를 갸웃거리면서 이런 식으로 해괴한 소리만 해 댔다.

제갈승계의 말을 빌려 보자면 해제하는 것 역시 그냥 어색한 부분을 건드리면 된다고 한다.

그야말로 천재, 그것도 제일 싫은 부류였다.

"하지만 그만큼 든든하지."

통로에 설치된 함정은 정말 수십 가지였다.

아직 반 시진도 되지 않았는데, 발동되었거나 혹은 해제된 함정은 횟수를 세다가 도중에 포기할 정도였다.

그가 없었다면 진작 죽었다.

주서천의 말에 반신반의하고 있던 일행들도 그제야 제갈

승계의 중요성을 깨닫고 호위에 진지해졌다.

그리고 반 시진 정도 지났을까.

통로가 조금 넓어지나 싶더니만, 인형(人形)이 보이기 시작했다. 그것도 한둘이 아니었다. 무엇인가 하고 횃불을 들어 확인한 일행은 의아한 목소리를 냈다.

"목인(木人)?"

약 삼십여 개의 목인들이 양옆 벽에 붙어 있었다.

다들 부동자세였다.

"목인이 왜 여기에 있지?"

무사 중 한 명이 의아해했다.

무인에게 있어 목인은 친숙하다. 어릴 때, 목인을 상대로 무공을 수련해서 그렇다. 주로 장기나 혹은 혈의 위치를 파악하기 위해서 목인에게 검이나 주먹을 휘둘렀다.

그 외에도 가끔씩 누군가 상대가 필요한데 아무도 없다면 창고에 먼지가 쌓인 목인을 꺼냈다.

"저것도 기관 장치네요."

제갈승계가 눈동자를 이리저리 굴리면서 천장, 바닥, 벽, 그리고 목인들을 살폈다.

"어떤 건데?"

주서천이 물었다.

"나도 본 적 없으니 잘 모르지."

제갈승계가 어깨를 으쓱였다.

"그건 그러네. 미안하다, 동생아. 내가 널 너무 의지했어. 반성하마."

주서천이 검을 휘리릭 돌려 고쳐 잡았다.

"일단, 이 주변은 저 목인들 외에는 어떠한 장치도 없는 것 같은데…… 그래도 조심하는 게 좋아."

주서천이 목인들로 향하자 제갈승계가 경고했다.

"그래, 고맙다."

"주 대장 혼자만으로 괜찮겠소?"

왕일이 물었다.

"난 괜찮으니 혹시 모를 사태를 대비해서 승이나 잘 지켜 주시오."

왕일들을 데리고 온 건, 짐꾼의 역할도 있지만 제갈승계를 보호하기 위함이 컸다.

주서천은 살짝 경계하면서 앞으로 천천히 한 걸음을 내디뎠다. 그리고 일정한 부근에 들어선 순간, 제일 앞에 있던 목인이 번개같이 반응하며 주먹을 날렸다.

"흠."

주서천이 재빨리 퇴보하면서 주먹을 피했다.

"응?"

다음을 기다렸으나, 공격이 들어오지 않았다. 무엇인가

하고 다시 전진하니 동일한 공격이 들어왔다.

　이번에는 검을 들어서 주먹을 막아 봤다.

　서걱!

　나무 팔이 검에 베여 잘렸다.

　주서천은 다시 후퇴했다. 그러자 목인의 팔이 잘린 채로 원래의 위치로 돌아갔다.

　"과연, 그런 거군."

　어떻게 된 장치인지 이해했다.

　아무래도 일정 영역에 들어오면 기관 장치에 의하여 정해진 행동을 하도록 설계되어 있는 모양이었다.

　"해제할 수 있겠어?"

　주서천이 뒤를 돌아 제갈승계에게 물었다.

　"아니. 이 근처에는 안 보여."

　제갈승계가 머리를 좌우로 흔들었다.

　"그럼 죄다 박살 낸다!"

　주서천이 몸을 날렸다.

　"하앗!"

　일단 팔이 잘렸던 목인부터 검을 휘둘러 처리했다.

　검을 수평으로 긋자 몸이 두 동강 났다.

　목인의 소재를 생각하면 아직까지 하나도 썩지 않은 것은 의문이었으나, 깊게는 생각하지 않았다.

무언가 기관 장치의 힘이라고 생각하면서 목인들 사이에서 춤을 췄다.

드르르륵!

목인들이 장치가 맞물리는 소리를 내면서 움직였다. 어떤 목인은 팔과 다리를 동시에 움직였고, 어떠한 목인은 혼신의 주먹이나 발차기만 날렸다.

다들 하나같이 반응하는 속도는 번개와 같았다. 웬만한 실력자가 아니면 막는 것만 해도 급급했을 것이다. 무엇보다 통로의 넓이 탓에 움직임에 제한이 있을 수밖에 없었다.

"하압!"

확실히 대단했다. 하지만 거기까지였다.

주서천은 움직임이 제한되었음에도 목인들의 공격에서 무사했다. 한 치의 공격도 허용하지 않았다.

결코 회피하거나 막는 것만으로 끝내지 않았다. 반격을 해서 목인을 파괴했다.

검법만으로 목인을 상대하는 건 아니었다. 가끔씩 필요하면 매화권으로 반격에 나서서 박살 냈다.

'흠, 오기 전에 경지를 올려 둬서 다행이다.'

동체 시력이나 반사 신경이 전과 달리 몇 배나 상승했다. 매화육합심법은 전부 대성하고 경지를 올린 덕분이었다.

약 한 달 전, 수적들과의 싸움에서 본신의 무위를 모두 보였다. 이제 정체를 숨길 필요가 없어졌다.

그래서 그동안 일부러 멈춰 두었던 매화육합심법을 수련했다. 대성한 순간 절정의 경지에 올랐다.

검법은 원래부터 화경이었으니 변화는 없었다. 대신 신체 능력이나 내공의 총량이 올랐다.

내공은 이제 총 육십 년, 일 갑자였다.

주서천은 콧노래를 낼 정도는 아니었으나 그래도 전혀 문제없이 목인들의 공격에 반격해 갔다.

"허……."

그 광경을 지켜보던 무사들이 감탄을 흘렸다.

"왕 형의 말대로였군."

"정말로 고수였네."

자고로 사람이란 건 의심이 많은 동물이다. 자신의 두 눈으로 직접 보지 않는 이상 끝까지 의심한다. 아무리 왕일이 대신 증명해 준다 할지라도, 다들 반신반의했었다.

"그러기에 내가 말하지 않았나."

왕일도 짐짓 감탄하면서 주서천의 움직임을 눈으로 좇았다. 조금이라도 무언가를 얻어 내기 위함이다.

"소위 천재들인가……."

초련이 주서천과 제갈승계를 번갈아서 쳐다봤다.

"세상 살기 싫어지네."

"동감일세."

제갈승계는 그렇다 쳐도, 주서천을 보니 시기를 넘어서 상대적 박탈감이 생겼다.

누구는 중년인데도 절정의 경지 근처도 못 가는데, 누구는 막 성인인데 벌써 절정의 고수였다.

세상이 불공평한 것은 알았으나, 그걸 눈으로 목격하게 되면 그건 그거대로 또 고통스럽다.

"우리 같은 것들 심정은 알까?"

"알 리가 있겠나?"

무사들이 울적한 목소리로 대화를 나눴다.

"충분히 알고 있소."

주서천이 그 중얼거림에 답했다. 방금 전에 막 마지막 남은 목인까지 처리했다. 서로를 마주 보면서 굳건한 자세로 서 있던 목인은 모두 엉망이 됐다.

"이제 다 처리한 거야?"

제갈승계가 물었다. 무언가 참는 얼굴이었다.

"그래. 왜?"

"그럼 저것들 좀 조사해도 괜찮아?"

제갈승계가 눈을 반짝였다.

"적당히 해라."

주서천이 고개를 끄덕였다.

제갈승계는 허가가 떨어지자마자 박살 난 목인들을 살폈다. 기관과 관련만 되면 정말 활발해진다.

"일단 나무인 것 같은데 어떻게 썩지 않은 거지…… 호, 이게 여기에 연결돼서 움직였나……."

제갈승계가 목인에 빠져 무어라고 중얼거렸다.

주서천은 약 일각 정도 되는 시간을 기다려 줬다.

현재 무림에서는 기관 장치를 볼 수 있는 곳은 그다지 많지 않다. 제갈승계에 있어선 흔하지 않은 기회다. 그걸 알고 있기에 그의 편의를 봐줬다.

게다가 제갈승계가 목인을 보고 무언가 지식을 쌓게 된다면 나쁠 것 하나 없었다.

언젠가 그 지식은 큰 도움이 되어서 돌아온다.

"슬슬 가자."

"쩝."

제갈승계가 입맛을 다시며 아쉬워했다.

✳   ✳   ✳

목인을 처리한 뒤 다시 통로를 걸었다. 이각 덜 되는 시간이었을까, 통로 끝이 보였다.

횃불에 의지하던 시간도 끝났다. 통로 끝에서 환한 빛이 흘러나왔다.

하지만 전혀 안심할 수 없었다. 짧은 시간 동안에도 많은 함정을 만났다. 정말 이놈의 기관 장치가 얼마나 설치되어 있는지 셀 수가 없었다. 다들 뭐만 보면 의심부터 했다.

"허."

통로 끝을 나오자, 여태껏 생각하지도 못했던 공간이 일행을 반겼다.

"이, 이게 무슨……!"

"허어억!"

다들 하나같이 경악했다. 그들의 눈에 펼쳐진 건 여태껏 보지 못한 은자들의 산이었다.

산. 그 외에 표현할 수 있는 말이 없었다.

은자가 각 벽에 쌓여서 산맥을 형성했다. 돈으로 환산하면 얼마인지 파악할 수 없었다.

"은자밖에 없는 건가."

주서천만 놀라지 않았다. 무덤덤한 얼굴로 주변을 슥 둘러보면서 다른 보물이 없나 확인했다.

"거기! 건들지 마세요!"

탐색 도중 제갈승계가 소리를 꽥 질렀다. 고개를 돌리니 은자에 손을 대려던 초령이 보였다.

초령은 주서천과 눈이 마주치자 머쓱한 듯, 뒤통수를 긁적이면서 사과했다.

"어흐흠! 함부로 건드려서 미안하오. 하지만 어차피 이 모든 게 상단주의 것이 될 텐데, 조금만 눈감아 주면 안 되겠소?"

"나야 상관없소. 하지만 아마 건드리지 않는 게 좋을 거요. 지금 누가 막은 건지 다시 생각해 보시오."

"아!"

초련이 그제야 제갈승계가 여태껏 어떤 도움을 주었는지 떠올렸다.

"설마……?"

왕일이 눈살을 찌푸리면서 은자들을 살폈다.

"네. 짐작대로 기관 장치가 설치되어 있네요. 그러지 않은 것도 있긴 한데, 알려 드릴까요?"

제갈승계의 마지막 물음에 무사들의 눈에 탐욕이 일렁였다. 다만 다들 주서천의 눈치를 봤다.

"우선순위로 챙길 것이 있어서, 그 전에는 한두 푼 정도가 아니라면 무리요. 그리고 움직이다가 돈을 떨어뜨려 자칫 잘못하면 괜한 함정을 건드릴 수도 있으니, 정 원하면 귀환할 때 챙기시오."

주서천이 예상했다는 듯이 말했다.

"저런 거 말입니까, 대장?"

왕일이 은자들의 산에 묻혀 있는 목함을 가리켰다.

주서천은 제갈승계를 바라봤다. 제갈승계는 괜찮다는 듯이 고개를 끄덕였다.

그는 은자의 산을 뒤져 목함을 열어 내용물을 확인했다.

"호."

목함을 열자마자 알싸한 향이 코를 찔렀다.

환단이 안에 들어 있었다. 딱 봐도 영약이 틀림없다.

"잘했소."

주서천이 왕일을 칭찬하면서 목함을 건넸다. 왕일은 목함을 부러운 듯이 쳐다보다가, 두 눈을 딱 감고 짐 안에 집어넣었다.

"괜한 욕심 부리지 않는 게 좋을 거요. 나중에 무사히 돌아가게 된다면, 적절한 보상도 해 주겠소. 미리 말하지만 내 눈을 피할 수 있을 거라 생각하지는 마시오."

주서천이 일부러 목소리를 깔고 경고했다. 미연의 상황을 방지하기 위해서였다.

'이제 시작이다.'

은자는 맛보기일 뿐이다. 이제 막 첫 관문을 통과했다. 앞으로 있을 보상에 가슴이 두근거렸다.

일행은 다음 관문으로 향했다.

　　　　　*　　　*　　　*

　화산파.

　"하앗!"

　낙소월이 소리를 내지르면서 검을 힘껏 내질렀다.

　"아가."

　심옥련의 눈썹이 사납게 치켜 올라갔다.

　"네, 사조님."

　낙소월은 검을 내리고 부름에 답했다.

　"내가 무슨 말을 할 것 같으냐."

　심옥련이 엄한 눈초리로 낙소월을 내려다봤다.

　"……죄송해요."

　낙소월은 심옥련의 눈치를 보면서 잘못을 고했다.

　"……하아."

　심옥련은 이마를 짚곤 나지막이 한숨을 내쉬었다.

　"실력이 떨어진 건 아니지만, 나아지지도 못하는구나. 그 반푼이 때문이더냐."

　반푼이라는 건 곧 주서천을 말한다. 외화내빈이라는 별호에 알맞은 별명이었다.

　"이제는 반푼이가 아닌걸요……."

　낙소월이 침울해하면서 중얼거렸다. 평소의 낙소월이라

면 감히 상상도 하지 못할 일이었다. 그 누구도 아닌 사조, 그것도 철혈매검의 말에 반론을 하다니. 단 한 번도 이런 적이 없었다.

낙소월 스스로도 놀랐는지 말하고 아차, 하는 얼굴로 얼른 입을 손으로 틀어막았다.

"죄, 죄송합니……."

"아니, 됐다. 맞는 말이니까."

불호령이 떨어질 거라고 생각했던 것과 달리, 심옥련은 의외의 반응을 보였다.

"실력을 숨기고 있었으니까. 대단한 아이다."

심옥련이 주서천을 안 좋게 봤던 건, 운이 좋았을 뿐 그 외에는 형편없다고 생각했기 때문이었다.

하지만 이제는 아니다. 실력을 숨기고 있었고, 사실은 검술도 뛰어나다는 것에 인식이 바뀌었다.

"하지만 그뿐이다. 이미 죽은 아이다."

심옥련이 냉정하게 말했다. 괜히 철혈매검이라는 별호가 붙은 게 아니었다.

"잘 들어라, 아가야. 훗날 네가 강호에 나가게 된다면 주변 사람의 죽음은 질리도록 경험하게 될 거다. 그걸 좀 더 빨리 경험하게 된 것뿐이니라. 그러니 이제 그만 울고 수련에 집중해라."

죽음.

그것도 개인적으로 호의를 지녔던 사형의 죽음이다. 그 사실이 낙소월의 가슴을 무겁게 만들었다. 정신을 차리고 보니 눈에서 물방울이 뚝뚝 떨어지고 있었다.

"나도 슬퍼할 시간을 주지 않을 정도로의 냉혈한은 아니지만, 그렇다고 영원히 울도록 둘 수는 없지 않겠느냐. 이제 그만 그를 잊거라. 주서천은 죽었다."

……멀쩡히 살아 있다.

第七章
전후사정(前後事情)

"아, 누가 내 욕하는 것 같은데……."

주서천이 귀를 새끼손가락으로 후볐다.

"주 대협! 앞, 앞!"

왕일이 다급하게 외쳤다.

"음!"

주서천은 허리를 꺾듯이 뒤로 젖혔다. 그 위로 강하게 휘
두른 주먹이 지나갔다.

"어딜!"

주서천이 허리를 원래의 위치로 다시 되돌리면서 검을
우측 하단에서 좌측 상단으로 휘둘렀다.

검이 청동인(靑銅人)의 허리춤부터 시작해서 어깻죽지까지 베어 가르면서 상체를 쪼갰다.

"흐이익!"

제갈승계가 몸을 웅크리면서 비명을 질렀다.

"아니, 이 꼬마는 왜 이러는 거야?"

초련이 이해할 수 없다는 표정을 지었다.

"아까 목인을 봤을 때는 신나하더니만?"

"그, 그렇지만 저건 기관 장치가 아니잖아요!"

제갈승계가 잔뜩 겁먹은 목소리로 소리쳤다.

"저건, 주술(呪術)이라고요!"

시간을 되돌려 반 시진 전, 은자의 산이 잠들어 있는 방을 뒤로하고 일행은 앞으로 전진했다.

기관 장치나 함정의 수준은 가면 갈수록 진화했다. 제갈승계의 해제조차 시간이 걸리기도 했다.

그리고 그 통로들을 다 지났을 때, 새로운 것들이 등장했다. 청동으로 된 인형들이었다.

처음에는 목인들과 비슷한 장치가 되어 있는 줄 알았다. 하지만 전혀 아니었다.

아니, 애초에 기관 장치 같은 게 아니었다.

일행이 어떠한 장소에 들어서자마자 출입구가 갑자기 전부 닫히면서 청동인들이 움직이기 시작했다.

목인들처럼 일정한 행동만 반복하는 게 아니었다. 그들은 자유자재로, 마치 살아 있는 듯이 움직였다.

제일 눈에 띈 건 청동인들 몸에 새겨진 고어(古語)였다. 글자 자체에서 옅은 빛이 흘러나왔다.

"삼안신투가 중원 외에도 털었다고는 했지만, 설마하니 남만의 주술까지 훔쳤을 줄이야……."

주서천이 중얼거리면서 좌로 일 보 이동했다. 그가 있던 자리에 청동인의 창이 지나갔다.

세상에는 무공 외에도 신비적인 힘을 발휘하는 것이 존재하는데 그중 하나가 바로 주술이다.

마도이세에서 사용한다는 강시술 또한 이 주술의 부류에 속했다.

중원에 주술이 없는 건 아니지만, 거의 없다시피 하다. 무공이 대신 자리하고 있기 때문이었다.

주술의 원류 또한 중원이 아닌 남만이고, 주술이 주로 쓰이는 곳 역시 남만이었다.

어쨌거나 이 주술은 때때로 기이한 현상을 일으키는데, 지금 벌어지는 일이 그랬다.

청동인의 숫자는 약 오십여 개. 다들 하나같이 병장기를 쥔 채 일행을 습격해 왔다.

"큭!"

이번에는 무사들도 전투에 참여했다. 제갈승계를 보호하면서 싸웠다.

청동인의 수준을 굳이 매기자면 이류 정도였다.

검법을 펼치거나 그러지는 않았지만, 신체 능력이 뛰어나고 지닌 힘이 강했다.

"참 나, 기관 장치로 움직이는 목인은 아무래도 상관없고 주술로 움직이는 건 무섭다는 거야? 우리 입장에선 그거나 저거나 똑같다고."

초련이 어이없다는 듯이 말했다. 그리고 청동인의 가슴에 꽂힌 검을 잡고, 발로 차서 밀어냈다.

청동인이 바닥을 데굴데굴 굴러 쓰러졌다. 잠시 멈춘 듯싶었으나, 비틀거리면서 다시 일어났다.

"젠장!"

초련이 걸쭉한 욕설을 내뱉었다.

"이것들은 왜 다시 일어나는 거야?"

"승 공자!"

초련의 의문에 왕일이 대답을 원한다는 듯 제갈승계를 쳐다봤다.

여태껏 함께해 오면서 의문이 있다면 제갈승계가 답해 줘서 그런지 이제는 궁금증이 생기면 자연스레 묻게 됐다.

다른 무사들의 반응도 비슷했다.

"모, 몰라! 내가 어떻게 알아! 저건 주술이라니까!"

하지만 원하는 반응과는 달랐다. 반대로 걱정만 커졌다.

"끄응!"

쎅!

왕일이 침음을 흘리면서 검을 휘둘렀다. 도끼를 든 청동인이 힘에 밀려 뒤로 벌러덩 쓰러졌다.

"사지를 전부 자르시오!"

주서천이 대신 답해 줬다. 그의 앞에는 사지와 목까지 분리되어 움직임을 멈춘 청동인이 있었다.

청동인은 가슴에 구멍이 뚫려도 멀쩡하게 움직였지만, 사지가 전부 베이면 움직이지 못했다.

당연하면 당연한 거였지만.

"오!"

왕일이 반색하면서 주서천의 말대로 해 봤다. 정말로 그렇게 한 청동인은 움직이지 않았다.

"그게 말처럼 쉬운 게 아니오!"

"주 대장, 미안하지만 그런 여유는 많지가 않소!"

수적으로 청동인이 더 많았다. 게다가 청동인 개개인이 다 이류 정도의 수준을 지녔다.

그리고 무엇보다 아무것도 못 하고, 공포에 떠는 제갈승계를 지키면서 싸우느라 제약이 많았다.

"그럼 그냥 승이나 지켜 주시오!"

주서천이 질풍이 됐다. 매화연홍검으로 최대한 빠르게 청동인들을 처리했다.

우선 공격을 할 수 없게 양팔을 베어 버린 뒤, 그다음은 다리와 목을 베었다.

하단전에 쌓인 내공의 양이 든든했다. 앞에 어떤 일이 있을지 몰라 중간 휴식 때 운기조식을 취했다.

현명한 선택이었다.

파바밧!

하나를 베면, 쉬지 않고 그다음으로 넘어갔다. 약간의 주저함도 없었다. 생각도 하지 않았다.

눈에 보이는 대로 베고, 또 베었다. 무사들의 눈에는 너무 빨라 잔상이 보일 정도였다.

"나름대로 도움을 주려고 왔는데……."

무사들이 머쓱한 듯 뒤통수를 긁적였다.

"도대체 주 대장의 무공은 어느 정도인가!"

그저 감탄만 나올 뿐이었다.

"보아하니 전력이 아닌 것 같은데?"

"절정의 고수가 저렇게 강했나?"

의아해하는 것도 이상한 게 아니었다.

주서천은 운동 능력 자체는 절정이었으나, 검술 자체는

화경이다. 수준이 높아 보이는 건 당연했다.

"주 대장의 정체는 대체 무엇일까?"

"은거고수의 제자겠지."

"너희는 구파일방이나 오대세가처럼 명문지파 중에서 저 나이 대의 고수가 있다고 들은 적 있어?"

"자랑하기 좋아하는 그들이니, 있었다면 알려지지 않을 리는 없지 않나."

주서천의 손에 쓰러져 가는 청동인은 점차 늘어났다. 오십이었던 숫자고 어느덧 이십으로 줄었다.

무사들도 그만큼 편안해졌다. 이제 슬슬 약간의 여유까지 보일 수 있었다.

"후, 괜찮다면 이 일이 끝나고 주 대장에게 몇 수 배우고 싶은데……."

"저번에 봤는데, 상단주와는 나름 친하지 않았나?"

"우리가 계속해서 상단주 밑에서 일할 수 있다면, 어쩌면 그런 운 좋은 일이 생길지도 모르지."

"말할 시간 있으면 주 대장의 움직임을 머릿속에 넣어 둬. 일단 흔히 볼 수 있는 건 아니니까."

다들 점점 시간이 갈수록 주서천에 대한 존경심과 충성도가 늘고 있었다.

실제로 주서천 덕에 그들은 지금 목숨을 건지고 있었다.

그가 아니었으면 누군가는 진작 죽었다.

그리고 일각이 지났다.

"끝."

주서천이 검을 집어넣고 기지개를 켰다.

발밑에는 수많은 청동인의 잔해로 가득했다.

"……."

다들 하나같이 할 말은 잃은 표정이었다.

주서천의 보여 준 무위에 경악한 걸 넘어, 허탈했다.

그렇게 수준 높은 움직임을 보여 주었는데도 땀 한 방울 흘리지 않았다. 내공이 높다는 증거다.

"주 대장, 대체 내공이 얼마나 되는 거요?"

초련이 질린 눈으로 주서천을 쳐다봤다.

"그럭저럭 많소."

나이가 어리고 내공이 많으며, 상승의 검법을 펼칠 수 있는 사람은 무림에서도 많지 않다.

도수창병의 사건 탓에 자신에 대해서도 알려져서 혹시라도 의심을 받을지 몰라 그냥 비밀로 했다.

"자, 그럼 다음으로 넘어가 보실…… 응?"

자리를 뜨려는 순간, 눈에 밟히는 것이 있었다.

청동인의 잔해들 속에서 반짝이는 무엇인가가 있었다. 다가가서 확인해 보니 팔찌였다.

"정확히 무엇인지는 모르겠지만…… 그래도 두고 가는 것보다는 낫겠지."

팔찌의 소재는 청동이었다. 사슬 같은 것도 주렁주렁 달려 있고, 인공으로 된 광석 같은 것도 박혀 있다.

또한 청동인을 움직였던 문자, 주술의 언어도 언뜻 보였다. 설사 용도를 몰라도 팔면 꽤 될 것 같았다.

"그런 걸 가져갔다는 저주받을 거라고!"

제갈승계가 질색했다.

"이미 비고를 터는 것 자체가 저주받을 짓이지."

주서천이 무슨 실없는 소리를 하냐며 웃었다. 팔찌는 품 안에 챙겨 두었다.

"가자."

삼안신투의 비고는 악취미다. 탐사하면 탐사할수록 그 생각밖에 안 들었다.

만약 제갈승계가 아니었더라면 목숨 한둘로는 부족했을 것이다. 고생이란 온갖 고생은 다 했을 것이다.

출구가 없는 미로를 만나기도 했고, 비밀 문을 찾지 못하면 중독되어 서서히 죽어 가는 방과도 만났다.

도중에 중독되는 일도 있었지만, 이의채가 챙겨 준 사천 당가의 해독약을 복용해서 살 수 있었다.

비고를 털려고 하루 이틀 준비한 게 아니다. 만반의 준비를 했다. 벽곡단만 무려 일 년 치를 준비했다.

일 년이나 탐사할 리는 없겠지만, 그래도 혹시 모를 사태를 대비해서 이 정도나 가져왔다.

해독약이나 치료약은 물론이고, 여분의 검이나 칼갈이 도구 같은 것도 가져왔다.

"새삼 느끼는 거지만, 이런 건 도대체 어떻게 만들었는지……."

주서천이 걸으면서 중얼거렸다.

"돈만 있다면 뭔들 못 하겠소."

왕일이 그 중얼거림에 답했다.

"이 정도 기관 장치나 함정을 제작하려면 돈도 돈이지만, 비밀 유지하는 것이 힘들었을 텐데…… 어떻게 후대에 어떠한 단서도 알려지지 않은 거지?"

제갈승계가 의아해했다.

"죽은 자는 말이 없는 법이지."

주서천이 답했다.

"암장은 중경에서도 사람은 물론이고 동물조차도 얼씬하지 않는 곳이다. 게다가 지하에 비고를 건축했으니, 들킬 염려는 그다지 없었을 거야."

"하지만 자재의 운반이라거나 여러 가지 있었을 텐데?"

"예로부터 전가통신(錢可通神)이라 하여, 돈은 귀신도 부린다고 하지. 삼안신투의 재산이라면 비밀 유지도 그럭저럭 해 냈을 거야."

그리고 모든 것이 완공이 되었을 때, 아는 자들이 전부 죽는다면 그 누구도 모른다.

"으으…… 독한 놈이로군……."

제갈승계가 소름이 끼친다는 듯, 어깨를 감싸 안고 몸을 파르르 떨었다.

"어쩌면 중원 전체를 사들일 수 있을 만큼의 재물일지도 모르는데 그 정도는 당연하단다, 꼬맹아."

초련이 피식 웃으면서 제갈승계의 머리를 쓰다듬었다. 그 손길이 거칠어 머리가 새집처럼 됐다.

제갈승계가 짜증 난다는 듯이 그 손등을 쳐 냈다.

초련은 껄껄, 하고 재미있다는 듯이 웃었다.

비고에 진입한 이후, 두 사람은 특히 접촉이 많았다. 물론 초련이 일방적으로 놀리는 경우였다.

나중에 물어보니 아들 생각이 나서 그렇다고.

"그런데 아줌마도 그렇고 다른 아저씨들도 그렇고, 무슨 사연이 있기에 이런 위험한 곳까지 온 건가요?"

제갈승계가 물었다.

"음."

어린아이의 천진난만한 물음에 다들 쓴웃음을 지었다.

"승아, 그건 실례가 될 수도 있다."

제갈승계는 똑똑하다. 하지만 아직 순수한 부분이 남아 있는 아이에 불과하다.

그렇다 보니 이런 쪽으로는 눈치가 없었다.

"괜찮소, 주 대장. 아이지 않소."

왕일이 쓴웃음을 지은 채로 말했다.

"철없던 시절, 농업을 이어받기 싫어 집을 뛰쳐나갔었지. 이후 낭인이 되어 이곳저곳을 떠돌아가 운이 좋아 일류에까지 올랐소. 그리고 다시 고향으로 돌아가니, 전염병이 돌아 쑥대밭이 되어 있더군."

"……미, 미안해요."

제갈승계가 천성이 악한 건 아니다. 자신의 눈치 없음에 미안함을 느끼면서 솔직히 사과했다.

"괜찮소, 승 공자."

왕일이 부드럽게 웃었다.

"말 편히 하셔도 괜찮아요……."

제갈승계가 어깨를 축 늘어뜨렸다.

"음, 그럼 그렇게 하도록 하마. 여하튼 고향에 돌아오니 형제자매는 물론이고 아버지까지 잃게 됐지. 다행히 어머니가 살아 계셔서 고아가 되는 일은 면했단다. 다만 어머니는 너무 노쇠하시고, 병까지 들어서…… 뭐, 흔한 이야기지."

일류 낭인이 되면서 벌어 온 돈은 그다지 많지 않았다. 대부분 병장기나 술값에 탕진했다.

애초에 낭인은 어디 한곳에 정착하지 않고 떠돌아다니는 삶이다. 무엇보다 언제 죽을지 모르니, 특별히 사연이 있지 않은 이상 저금을 하지 않고 모두 사용했다.

왕일은 약과 진료비가 필요했으나, 둘 다 너무 터무니없는 값이었다. 그렇게 어떻게 해야 하나 절망하고 있을 때, 이의채가 기다렸다는 듯이 찾아와서 제안을 건넸다.

"아들과 딸이 있는데, 둘 다 희귀병에 걸렸어. 죽은 남편도 병약했었는데, 아마 그 피 탓이었나 봐. 지금은 좀 나아졌지만, 예전에는 문 바깥으로 몇 걸음도 나서지 못했지. 그래서 돈이 많이 좀 필요해."

초령이 검에 달린 장식을 매만지면서 사근사근한 미소를 지었다. 무사들은 그녀를 보고 어머니를 떠올렸다.

"뭐야, 다들 비슷하구먼. 난 누이가 그래."

다른 무사들도 한 명씩 이야기보따리를 풀었다.

"내 누이가 다리병신이야. 평생을 돌보면서 살아야 해. 어차피 난 여자 만나기 글렀으니까, 누이와 함께해 보려고."

"사랑하는 사람이 있는데, 성적 취향이 영 좋지 못한 놈에게 팔려 갔었지. 걱정돼서 가 보니까 의식불명이더라. 그래서 놈의 거시기를 자르고, 사랑하는 여자를 데리고 야반도주했지. 그런 우리를 거두어 준 게 상단주야."

"잘했어."

"잘했네."

"잘했다."

거시기를 잘랐다는 말에 다들 손뼉을 쳤다.

"자, 다들 구차한 이야기는 그만하고 일어나자고."

왕일이 피식 웃으면서 자리에서 일어났다. 다만 말과 다르게 왠지 모르게 기분이 좋아 보였다.

"껄껄. 이러다가 애 울겠어."

초련이 울적한 제갈승계를 가리키면서 웃었다.

'착한 아이야.'

제갈승계는 천재이고, 기관 지식만 관련되면 우쭐거린다. 재수 없어 보이긴 해도 나쁘지는 않다.

이런 사람이 나중에 가족들에게 실컷 이용만 당하면서 쓸쓸히 죽어 가게 된다는 것이 안타까웠다.

'하지만 이번 삶은 다를 거야.'

주서천이 제갈승계를 보면서 생각했다.

일행은 다시 탐색에 나섰다. 청동인들을 처리한 통로를 지나 도착한 곳에는 목인들처럼 보상이 없었다.

그 대신에 함정이 있었다. 제갈승계에게 맡기고 해제한 다음 침착하게 나아갔다.

"오!"

두 시진 정도 지나지 않았을까 싶었다. 무수히 많은 함정을 해제한 고생이 있었을까, 보상이 나왔다.

이번에는 은자와 금자들이 섞인 방 안이었다. 금빛과 은빛이 어울려져 눈부실 정도로 빛났다.

일행도 함부로 움직이지 않았다. 그저 감탄하면서 주변을 구경하기만 했다.

그들도 이제 제갈승계의 눈치부터 봤다.

"음, 저기에 있는 건 건들지 마시고 이거랑, 저거랑, 저거…… 괜찮아요."

제갈승계가 몇몇 곳만 손가락으로 가리켰다. 그러자 왕일이 나서서 돌멩이로 표시했다.

"저건 안 챙깁니까?"

이삼이라는 무사가 천장에 달린 야명주(夜明珠)를 힐끗 쳐다봤다.

야명주는 이름 그대로 자체적으로 빛을 내는 구슬로, 상당히 고가이다.

촛불의 밝기와 그렇게까지 차이가 없지만, 돈 많은 집안이나 관직에 앉은 사람들에게 수요가 높았다.

용도는 오직 사치이며, 자신의 권력과 재력이 얼마나 대단한지 증명하는 것과 같았다.

"차라리 금괴를 채우는 게 더 낫소. 저게 가볍긴 해도, 은근히 커서 공간을 많이 차지하니 말이오."

주서천이 답했다.

"알겠습니다."

금자와 은자 사이로 금괴도 많진 않지만 몇 개 있었다. 일행은 금괴를 위주로 챙겼다.

"오! 대장!"

초련이 무언가가 발견했다.

주서천이 다가가서 물었다.

"뭐라도 발견했소?"

전에는 은자의 산에서 영약을 발견했다. 그래서 그런지 주서천도 기대하는 눈치였다.

"꽤 많은 게 들어 있는 것 같은데, 나도 열지 않아서 모르오."

초련이 어깨를 으쓱이면서 상체만 한 상자를 금자의 산에서 꺼내 보여 줬다. 상자 자체도 금이었다.

"승아."

주서천이 제갈승계에게 열어도 괜찮은지 의사를 물었다. 제갈승계가 쪼르르 다가와 상자를 살폈다.

상자를 한참을 살펴보던 제갈승계는 고개를 끄덕이면서 설치된 함정은 없다고 말했다.

"이걸 어떻게 열지?"

상자는 잠겨 있었다. 혹시 몰라 열쇠가 없나 주변을 뒤져 봤지만 나오지 않았다.

주서천은 검에 기를 실어서 베어 버릴까 진지하게 고민했다.

"쯔쯔. 이래서 무식한 것들은 안 된다니까."

제갈승계가 혀를 차면서 짐 보따리를 뒤적거리더니, 철사를 꺼냈다.

"이런 건……."

제갈승계가 상자의 철사를 열쇠 구멍에 집어넣고 이리저리 뒤적거렸다. 얼마 지나지 않아 금방 열렸다.

"허, 이거 완전 도둑 아니오?"

"삼안신투도 혀를 내두를 실력이로군."

무사들이 제갈승계를 보고 감탄했다.

"그런 건 어디서 배웠어?"

주서천도 궁금해서 물었다.

"배운 게 아니라, 이것도 하나의 기관 장치니까. 그냥 철사 찔러 넣고 이리저리 돌려 보면 풀려."

"말은 쉽지⋯⋯."

초련이 어이없다는 듯이 중얼거렸다. 그 말에 다른 무사들도 동의하듯이 머리를 끄덕였다.

"그럼, 뭐가 들어 있는지 확인해 볼까."

주서천이 기대하면서 상자를 열었다.

"호."

누렇게 빛바랜 서적 넷과 아까 본 목함과 비슷하게 생긴 것도 나왔다. 고풍스러운 검도 있었다.

'이건 대박이다!'

입가에 미소가 절로 맺혔다. 특히 서적에 눈이 절로 갔다.

삼안신투의 비고에서 우선순위로 회수해야 할 건 둘이다. 무공 비급과 영약이다. 그게 제일 중요했다.

'어디 보자, 일단 영약부터 볼까⋯⋯.'

달칵.

목함을 열자마자 영약 특유의 향이 났다. 그 향이 전에 발견한 것보다 상당했다.

"흡!"

주서천이 순간 숨 쉬는 걸 잊었다.

목함 안에는 환단이 여러 알 있었다. 하지만 숫자를 보고 놀란 게 아니었다.

목함의 안쪽에 새겨진 글자 때문이었다.

'소환단(小還丹)!'

영약은 자연적으로 만들어진 것과 인공적인 것이 있다. 소환단은 그중에서도 후자에 속했다.

그리고 이 소환단은 다른 곳도 아닌, 북두라 칭해지는 소림사에서 제조한 영약이었다.

지고의 영약인 대환단만큼은 아니지만, 그렇다고 소환단이 별로라는 게 아니다. 그 반대였다.

복용할 시에 약 이십 년 정도의 내공을 얻는다. 이것만으로도 효능은 두말할 것이 없었다.

특히 소림사가 제조하는 영약이 그렇게까지 숫자가 많지 않다는 걸 떠올리면 가치가 상당했다.

소환단은 주로 승려들 중에서도 공적이나 법력, 그리고 무공이 으뜸인 자에게만 내려지는 영약이다.

그 외에도 빚을 졌다거나, 혹은 어떠한 부탁을 할 경우 이 소환단을 돈 대신 이용하기도 했다.

그런데 그 소환단이 하나도 아니고 무려 열 개가 있다. 이것만 나와도 무림은 피바람이 분다.

무림에 큰 위기가 닥치지 않는 한 나오지 않는다던 백팔나한이 직접 움직일지도 모른다.

'도대체 간이 얼마나 큰 거야?'

다른 누가 보지 못하도록 얼른 목함을 닫았다.

온몸에 전율이 끼쳤다.

소환단을 훔친다는 건, 곧 소림사에게 선전포고하는 것이나 다름없다. 그리고 소림사에게 공적으로 지정되는 건 곧 '무림공적'을 뜻한다.

"흐흐흐."

소환단이라는 사실에 무섭기도 했지만, 동시에 기쁨도 그만큼 튀어나왔다. 웃음이 절로 나왔다.

"고맙다, 삼안신투. 정말로 고마워."

그동안 준비하고 고민한 게 보답 받는 기분이었다.

소환단 열 개를 가지고 돌아갈 생각에 몸이 잔뜩 고양됐다.

"으하하하!"

주서천이 결국 기쁨을 참지 못하고 마음껏 웃었다. 시원할 정도로 호쾌한 목소리였다.

"그래, 이거지! 이거야!"

처음에 얻었던 목함의 경우, 영약인 건 알았지만 어떤 건지 모르니 그냥 지나쳤다. 나중에 영약에 눈이 밝은 자에게 찾아가서 감정을 맡길 생각이었다.

이번 것도 그렇게 해야 하나 싶었다. 하지만 뜻밖의 물건이 튀어나왔다. 온몸이 열기로 가득 찼다.

"주 대장 목소리가 좀 미친 것 같은데?"

초령이 괜찮냐는 듯이 물었다.

"저 안에 든 게 뭔지는 모르겠지만, 이 주변을 보고도 너 같으면 안 미칠 것 같아?"

어떤 무사가 반문했다.

"음……."

초령이 잠시 고민했다. 고민은 길지 않았다.

"저렇게까지밖에 안 웃네? 주 대장이 생각보다는 욕심이 작나 봐. 저런 거 많이 봤나?"

초령이 더했다.

"어디 보자……."

주서천은 목함을 보따리 안에 넣고, 비급으로 추정되는 서적을 확인했다.

표지가 조금 누렇기는 해도 다행히 어찌어찌 글자를 읽을 수 있었다.

　　단쾌검법(短快劍法)

　　중도만공(中途萬功)

　　질풍보(疾風步)

　　일월신궁(日月神弓)

"으흐흐!"

주서천이 기분 나쁜 웃음을 흘렸다. 그 눈은 욕망으로 번들거렸다.

'드디어, 드디어 나왔다!'

비고에서 회수해야 할 몇 가지 보물이 있다. 그중 둘이 나왔다. 중도만공과 일월신궁이었다.

'궁신(弓神)의 무공!'

고금을 통틀어도 별호에 신(神)이 붙는 경우는 극소수이다. 그리고 궁신은 그중 한 명이다.

이제는 그 이름이 잊혀졌을 정도로 옛 인물이나, 그 별호만큼은 아직까지도 전해지고 있었다.

강호 무림에는 정말 다양한 종류의 무공이 있다. 하지만 그중에서도 궁술의 취급은 특히 좋지 않았다.

독공이나 암기보다 안 좋은 취급을 받는 편이었다.

무림인에게 있어서 활은 그다지 위험하지 않았다.

궁사(弓士)의 시선을 확인하고, 활시위에서 손이 떨어지는 순간만 보면 보법으로 얼마든지 피한다.

게다가 활은 처음에만 잘 피한다면 그다음부터는 전혀 문제가 되지 않는다.

활시위에 화살을 걸기도 전에, 전력으로 날아가서 저지

하면 그만이기 때문이었다.

하지만 그 상식을 바꾼 게 바로 궁신이었다.

궁신의 궁술은 정말 차원을 달리했다.

전설에 의하면 과장되긴 했으나, 한 번 쏜 화살이 장강을 갈라 절벽을 무너뜨릴 정도로 강하다 했다.

또한, 한 번 피하면 끝인 것이 아니라 쏘아진 화살은 상대를 못 맞출 경우 다시 돌아와 백발백중(百發百中)이라 전해진다.

그 신궁의 무공이 바로 일월신궁이며, 이 무공은 훗날 어떠한 단체에 의해서 부활하게 된다.

그리고 이 무공은 수많은 무림인들을 공포에 떨게 만들었다. 그 위력은 단순히 허황된 전설이 아니었다.

'그리고…… 중도만공!'

이름만 보면 정말로 잡스러운 무공으로 보인다. 삼류에서나 이류가 아닐까 싶은 이름이었다.

하지만 만약 일월신궁과 중도만공 중 하나를 고르라고 한다면 두말할 것도 없이 후자를 택할 것이다.

"어디 보자, 다른 건……."

비급들을 전부 짐 보따리에 넣은 뒤, 검을 집었다.

검집에서 검이 매끄럽게 빠져나왔다.

"호."

손을 살짝 가져다 대니, 한기가 흘러나왔다.

"예한(銳寒)인가."

"예한? 방금 예한이라고 하셨소?"

주서천의 중얼거림에 왕일이 놀라면서 되물었다.

"그대가 생각하는 명검 예한이라면, 맞소."

주서천이 원래의 검을 상자 안에 넣고, 예한을 허리춤에 착용했다. 든든했다.

"삼안신투는 천하를 훔친 건가?"

왕일이 허, 하고 감탄했다.

第八章
삼안신투(三眼神偸)

　주서천은 대수롭게 여기지 않았지만, 예한은 명검 중에서도 중간 이상 하는 검이다.

　이름에도 알 수 있다시피, 검날이 워낙 예리해서 한기가 절로 흘러나올 정도이다.

　주서천 일행은 두 번째 보상을 얻은 방에서 휴식을 취했다. 빈속을 채우고, 부족한 수면을 취했다.

　낮인지 밤인지는 정확히 알 수 없었다. 지하이다 보니 빛이라곤 횃불과 야명주뿐이었다.

　그 대신, 몸이 알려 줬다. 오랫동안 무공 수련해 온 신체의 시간이 아침과 점심, 밤 정도는 구분했다.

휴식을 끝내고 재정비한 일행은 다시 전진했다.

여전히 지겨울 정도로의 함정과 미로가 반겼다.

시간이 제법 걸렸다. 제갈승계의 도움이 있어도 함정 자체의 숫자가 많으니 당연한 일이었다.

정말로 싫은 건 미로였다.

길을 헤매지는 않았지만 일부러 돌아가게 만들게 해서 걷는 것만 해도 상당한 시간을 소비했다.

하루, 이틀, 사흘…… 얼마의 시간이 지났는지 모른다. 대충 그런 시간이 아닐까 생각됐다.

수면은 함정이 해제되고, 적당한 넓이의 안전지대에서 취했다. 불침번은 교대로 했다.

'이렇게 오래 걸리는 것도 이상한 건 아니지.'

전생에서도 비고의 탐사에 상당한 시간이 걸렸다. 게다가 각지의 다양한 세력에서 탐사대를 보냈었다.

그에 반면 주서천 일행은 고작 열두 명. 반대로 인원에 비해선 빠르게 진행되고 있었다.

"내려가고, 올라가고, 다시 내려가고…… 몇 층인지도 모르겠어."

일행들은 의외로 정신력이 굳건했다. 정파 무공 고유의 특징 덕인지, 아니면 다들 목숨을 걸고서라도 지키고 만나야 할 사람이 있어서인지는 모른다.

다들 피곤하고 지친 모습을 보였지만, 군말하지 않고 비고를 탐사했다.

이 중에서 제일 어리고, 약한 제갈승계는 피곤해하기는커녕 즐거워했다. 가면 갈수록 다양해지는 기관 장치에 눈을 반짝였다.

주서천은 비고의 탐사 도중에도 무공 수련을 게을리하지 않았다. 시간이 날 때마다 성실하게 수련했다.

매화기공, 매화육합심법은 전부 대성해서 더 이상의 수련은 필요 없었다. 운기로 내공만 쌓았다.

다만 축적되는 내공의 양은 극히 적었다. 이곳에는 매화도 없을뿐더러, 대자연의 정기도 얻기 힘들었다.

그래서 주로 검법과 보법을 수련했다.

십사수매화검법을 일찍이 대성하고, 이십사수매화검법에 집중했다. 다만 전과 달리 속도가 좀 느렸다.

이십사수매화검법은 십사수매화검법과 비슷하지만, 또 달랐다. 난해하고, 복잡하고, 힘이 들었다.

주서천도 이십사수매화검법은 알고만 있었지 몸으로 펼쳐 보는 건 처음이었다.

원래 이 검법이 화산의 최고 검수인 이십사수들에게만 허용된 검법이기에 배운 적이 없기 때문이었다.

그래도 불행 중 다행인 건, 주서천이 한때 화경까지 올랐던 경험 덕에 누군가의 가르침 없이 기억 속에 있는 비급만으로도 수련할 수 있다는 것이다.

"으음, 몸이 근질거리는군."

"차라리 소리나 움직임이라도 느끼지 못하면 좋을 텐데……."

참고로 수련할 때 무사들은 등을 돌려 보지 않도록 신경 썼다. 무림에서 남의 수련을 훔쳐보는 건 금기다. 주서천도 괜히 이십사수매화검법을 수련하다가 정체를 알 수 있는 요인을 떠올리게 할까 봐 무사들에게 주의를 요망했다.

고수의 수련을 조금이라도 구경하고 싶은 무사들 입장에서만 고통스러웠다.

추정, 이틀 뒤.

탐색하는 동안 또 다른 보물이 숨겨져 있는 방을 발견하긴 했다. 하지만 전처럼 특별한 건 없었다.

금은보석이나 혹은 예한처럼 명품의 무기 정도였다.

적당히 가치 있는 것만 골라서 챙겼다.

비고에 진입한 날짜를 대충 세면 어언 일주일. 다들 씻지 않아서 몸에서 냄새가 진동했다.

"대장!"

이류 무사, 이삼이 횃불로 석벽을 비췄다. 세 개의 눈이 그려진 삼안신투의 고유 문장이 보였다.

"이런 문은 본 적이 없었는데⋯⋯."

그동안 문은 질리도록 봐 왔지만, 문장이 그려진 건 없었다.

"냄새가 나네."

보물의 냄새다.

"어떻게 할래?"

제갈승계가 석벽과 이어진 손잡이를 툭툭 건드렸다. 아무래도 이걸 당기면 열리게 설계된 것 같았다.

"함정은?"

"없는 것 같아⋯⋯ 라기보다는, 솔직히 잘 모르겠어. 석벽도 두껍고, 손잡이뿐이라서 파악이 안 돼."

제갈승계가 눈살을 찌푸리고 주변을 슥 둘러봤다.

있는 거라곤 천장과 석벽 근처에 설치된 야명주였다. 은은한 빛만 내뿜을 뿐, 특별한 건 없어 보였다.

"어차피 여기서 되돌아갈 수도 없지. 둘러보지 않은 곳도 있긴 하지만, 다시 탐색하는 것도 귀찮고."

주서천이 제갈승계 대신 손잡이를 당겼다.

드르륵!

덜컥!

무언가가 움직였다가, 작동되는 소리가 들렸다. 계속해

서 드르륵, 끽끽 하고 소음이 났다.

　일행도 처음에는 이 소리에도 놀라고 불안해했지만, 지금은 너무 익숙해져서 평온 그 자체였다.

　쿠구구궁!

　"음, 땅이 또 흔들리는군."

　"내장까지 전부 엉망이 되는 흔들림이야!"

　세상이 무너지는 착각이 들 정도의 흔들림이었다. 땅 밑에서 전해져 오는 진동의 세기가 장난이 아니다.

　그러나 이것도 비고에 오면서 질리도록 경험했다. 꽤 크긴 했지만, 놀랄 정도는 아니었다.

　초령은 제갈승계의 뒷덜미를 잡아 넘어지지 않도록 잡아줬고, 그 외에 사람들은 알아서 균형을 잡았다.

　파스스슥.

　"자갈이 떨어지는 것 같은데."

　"석순(石筍)이나 칼날이 아닌가? 이번에는 꽤나 친절하군."

　"내가 여기에서 나간다면 삼안신투가 개새끼라는 걸 말하고 다닐 거야. 그리고 만약 그의 후예를 자처하는 놈이 있다면 찾아가서 얼굴에 주먹을 꽂겠어."

　제갈승계가 있어서 목숨이 위협받은 정도는 아니지만, 그래도 아예 다치지 않았던 건 아니다.

예를 들어 한쪽 함정이 해제되면 자연히 발동되는 함정이 있어 위험할 뻔한 적도 있었다.

쿠구구구궁─!

잡담을 떠는 사이, 눈앞에 있는 석벽이 위로 천천히 올라가기 시작했다.

그 아래 틈으로 빛이 흘러나왔다.

＊　　　＊　　　＊

석벽이 열리자 나타난 건 공동이었다. 바닥에는 고풍스러운 양탄자가 깔려 있었고, 검이나 도끼, 창 등 한눈에 봐도 범상치 않은 병기들이 꽂혀 있었다.

삼안신투 특유의 문장에 있는 세 개의 눈은 각각 천장, 좌측 벽, 우측 벽에 새겨졌다.

상당한 크기였다.

또한 이 공간은 어떠한 원리인지는 모르겠으나, 폐가 시원할 정도로 상쾌한 공기로 가득 차 있었다.

정말로 지하가 맞는지 의아할 정도였으며, 또한 케케묵은 냄새 같은 것도 나지 않았다.

바닥에 깔린 양탄자가 끝나는 곳에는 세 개의 계단 위에 비석이 우뚝 솟은 제단 같은 것이 있었다.

제단을 확인하려고 앞으로 나아간 순간, 뒤에 있던 석벽
이 닫히면서 제단 위에 있던 무언가가 움직였다.

"저거 설마 활강시(活僵尸)는 아니겠지……?"

초령이 불안한 눈초리로 계단 위에 선 사람, 아니 강시를
보았다.

얼굴은 새하얗게 질린 걸 넘어 푸르뎅뎅하고, 눈에는 빛
하나 보이지 않았다. 사자(死者)가 틀림없었다.

하지만 어째서인지 사자가 멀쩡히 일어나 있다. 선 채로
사후경직이 일어나서 그런 게 아니었다.

강시로 추정되는 노년의 남자는 주서천 일행이 다가가자
마자 제단에서 내려왔다.

문제는 거기까지의 행동이 뻣뻣한 것도 아니고, 무척 자
연스러웠다는 것이었다.

사자가 어떠한 술법에 의하여 움직이게 되는 걸, 보통 강
시라 부른다. 마도이세가 주로 쓰는 병기다.

"히이익!"

제갈승계가 무사들의 뒤로 숨었다.

"만약 저게 활강시면 우린 다 죽소."

왕일이 침을 꿀꺽 삼키며 말했다.

강시가 나타나서 놀란 게 아니다. 애초에 남만의 주술까
지 훔쳐 이곳 비고에 쓴 게 삼안신투다.

새삼스레 놀라울 것은 없었다.

하지만 문제는 강시의 움직임었다.

보통 강시란 건 사후경직 탓에 관절이 뻣뻣해 움직임이 부자연스럽다. 싸워도 느릿느릿한 데다가, 움직임이 단조로워 목을 베지 않는 이상 계속 일어나는 것만 제외하면 그다지 위협적이지 않다.

하지만 그러한 강시에도 등급이 나뉜다. 그중에는 움직임이 생전과 같고, 무공까지 쓰는 강시가 있다.

그걸 활강시라 하는데, 마도이세에서도 그 숫자는 극히 적은 편이다.

또한 강력해 고수들도 승리를 단정 지을 수 없었다.

"아니, 차라리 활강시인 게 나을지도 모르오."

주서천이 검을 세우면서 강시를 경계했다.

"금강강시 같은 게 튀어나왔다면, 정말로 여기에서 뼈를 묻어야 할 거요."

금강강시는 이름 그대로 몸이 금강석처럼 단단한 걸 칭한다. 강기가 아니라면 공격이 통하지 않는다.

주서천은 깨달음도, 내공도 충분하지만 그 외의 다른 것들이 부족했다.

아무리 두 조건을 충족했다 해도 마음만 먹는다고 경지에 오르는 게 아니다. 그래도 시간이 필요했다.

만약 그게 가능했다면 이미 예전에 육대랑에게 살아남고 단번에 화경에 올랐다.

"일단 자극하지 말고 뒤로 물러나시……."

파앗!

말이 끝나기 무섭게 이름 모를 강시가 몸을 날렸다.

무서운 건 그 몸놀림이 기척 하나 묻어나지 않았다는 점이다.

주서천이 위험하다고 소리치기도 전, 강시가 공간을 접듯이 접근해 바닥에 꽂힌 검을 뽑아 휘둘렀다.

'빠르다!'

채앵!

검과 검이 부딪치면서 금속음을 내뱉었다.

다행히 생각을 하기도 전에 몸이 무의식적으로 반응했다. 높아진 반사 신경 덕이었다.

'젠장!'

무위로 치자면 최소 절정 이상이다. 그걸 깨닫는 건 단일 합만으로도 충분했다.

다행히 무의식적으로 공격을 막을 수 있었던 건, 그만큼 심각한 차이는 아니라는 뜻이었다.

"주 대장!"

왕일이 목소리를 높여 경고했다.

"핫!"

주서천이 검을 들어 머리를 찍으려던 검격을 막았다. 불꽃이 튀기면서 시끄러운 소리가 고막을 때렸다.

강시의 근력이나 공격에 실린 공력 자체는 그렇게 대단하지는 않았다. 다만 움직임이 범상치 않았다.

채—앵!

주서천과 강시가 다시 부딪쳤다. 다만 이번에는 강시의 손에 검이 아닌 도끼가 들려 있었다.

'움직임을 도저히 쫓을 수가 없다.'

공력이나 힘은 강하지 않았지만, 몸놀림이 문제였다. 소리가 없는 건 물론이고, 기척도 잡히지 않았다.

발걸음을 쫓아서 보법을 파악하려고 해도 불가능했다. 시각은 물론이고 다른 감각으로도 쫓지 못했다.

"활강시!"

몸놀림을 보면 활강시가 틀림없었다. 저 정도 속도를 내려면 그 외의 강시는 불가능하다.

"하지만 생전에 그렇게까지 고수는 아니었어!"

확실히 빠르다. 특이한 건 소리도 없고 기척도 없는 몸놀림이다. 하지만 그것뿐이었다.

저 정도의 몸놀림을 지닌, 제대로 된 고수였다면 자신은 진작 살해당해 죽었다.

강시술사가 없는 강시가 명령도 없는데 '적당히' 라는
걸 할 수 있을 리가 없으니까.

휘리릭!

그사이에 도끼가 날아왔다. 양날이 달린 도끼가 공중에
서 화려하게 회전했다.

"어딜!"

주서천이 검을 힘껏 휘둘렀다. 기를 싣는 걸 잊지 않았
다. 날아오는 도끼가 챙, 하고 검에 튕겨 나갔다.

"그래도 힘이 안 센 건 아니네!"

주서천이 불평을 했다. 강시가 속도에 비하면 공력이 부
족하긴 했지만, 약한 건 아니었다.

쳐 낸 검이 방금 전의 공격에 몸을 파르르 떨었다. 그 진
동이 손목을 타고 팔 전체에 울렸다.

파앗!

강시가 공중으로 뛰었다. 손에는 단검(短劍)이 달려 있었
다. 그것도 하나가 아니라 둘이었다.

"대체 얼마나!"

검, 도끼, 단검, 벌써 셋이다. 무공도 그만큼 쓸 수 있다
는 뜻이었다.

"조심해!"

지켜보던 제갈승계가 목소리를 높여 경고했다.

강시가 양손에 쥔 단검을 교차하면서 휘둘렀다.

"흐, 하지만 아무래도 제대로 찾았어!"

주서천이 웃으면서 검으로 단검을 튕겨 냈다. 강시가 뒤로 물러나면서 공중에서 회전해 착지했다.

지금까지의 움직임 또한 기척 하나 없었다. 마치 이 세상에 존재하지 않는 유령과도 같았다.

주서천은 강시를 대치한 채 씨익 웃었다. 보물이라도 발견한 눈이었다.

"대장이 미쳤나?"

활강시를 보고 웃고 있다. 정상은 아니다.

"생각보다 빨리 만났네."

주서천이 강시에게 말을 걸었다.

"삼안신투."

"……!"

강시를 보고 삼안신투라 칭하자, 뒤에 있던 일행이 술렁였다. 놀라는 것도 이상한 게 아니었다.

"아니, 설마 저 강시가 삼안신투라는 거요?"

왕일이 믿기지 않는 목소리로 물었다.

"아직 내가 절정밖에 되지 않았지만, 그래도 온 신경을 집중했는데도 화경을 넘는 게 아니라면 기척조차 못 잡는 건 말이 안 되지. 그럴 수 있는 사람은 한 사람뿐이다."

주서천이 계속해서 말을 걸듯이 혼자 중얼거렸다.

"비고의 주인이 직접 지키고 있다는 걸 보면, 이 방 안에 잠들어 있는 보물은 보통이 아닐 거야."

드디어 끝자락까지 왔다. 삼안신투만 쓰러뜨리면 이 지긋지긋한 비고도 끝이다.

"주 대장, 나도 때릴 기회를 주겠소?"

초령이 주먹을 불끈 쥐면서 물었다. 뒤에 있던 다른 무사들도 화를 참지 못하는 얼굴이었다.

그동안 경험했던 수많은 기관과 함정들!

그것만 생각하면 피가 거꾸로 솟았다.

"안 돼."

주서천이 처음으로 반말하면서 거절했다.

"나도 쟤한테 감정 많아."

주서천이 화살처럼 쏘아져 나갔다. 그 몸놀림이 번개와 같았다. 동시에 강시, 삼안신투도 뛰쳐나갔다.

둘이 다시 격돌했다. 주서천이 검을 휘둘렀다. 예한에 실린 검기가 더더욱 예리해지면서 빛났다.

서걱!

검과 단검이 부딪쳤으나, 금속끼리 충돌한 특유의 마찰음은 들리지 않았다. 그 대신 무언가가 베였다.

삼안신투가 든 단검이었다.

"끝이다!"

주서천이 일보 내디디면서 검을 움직였다. 단검을 베고 지나간 검은, 원래 지나간 길로 돌아갔다.

휙!

"끙!"

삼안신투가 허리를 뒤로 젖혔다. 뼈가 부러진 건 아닌가 생각될 정도로 꺾였다.

"도둑놈이 뭐 이리 강해!"

다시 불평을 내뱉어 봤지만, 변하는 건 없었다. 반대로 삼안신투는 더 귀찮게 나왔다.

허리를 뒤로 그대로 더 젖혀, 손으로 바닥을 짚어서 발을 위로 쳐올렸다.

째앵!

발이 검면을 걷어찼다. 예상치 못한 공격에 하마터면 검을 놓칠 뻔했다.

검, 도끼, 단검도 다루는데 권법이나 각법을 쓰지 못할 이유는 없다.

이 정도면 천하백대고수에 들어도 부족하지 않다.

쐐액!

순간 얼굴에서 강한 압력이 느껴졌다. 정신을 차리고 보니 삼안신투가 어느새 접근해 주먹을 날렸다.

주서천은 오행매화보(五行梅花步)를 밟아서 주먹을 황급히 피했다. 여전히 미칠 듯한 속력이었다.

후웅!

오른쪽으로 날린 주먹이 끝나자, 다음번에는 왼손으로 손바닥을 날렸다. 장법이었다.

주서천은 두 걸음 퇴보해서 손바닥을 피했다.

"좀! 너무! 빠르지! 않냐!"

상대는 강시다. 이렇게 중얼거려도 대답은 없다. 정신을 산만하게 하는 것도 불가능했다.

그럼에도 불과하고 주서천의 입은 쉴 생각 없이 움직였다.

삼안신투의 공격도 그의 입처럼 쉴 새 없이 쏟아졌다.

주먹, 팔꿈치, 무릎, 다리, 손바닥이 물 흐르듯이 이어지면서 공격을 이어 갔다.

바닥에 꽂혀 있는 무기가 있는 곳으로 가면 그 무기를 집어 공격하기도 했다. 이번에는 창이었다.

"주 대장이 저렇게 말이 많았나?"

사람과 강시의 싸움을 지켜보던 초령이 의아해했다.

"응."

제갈승계가 주저 없이 고개를 끄덕였다.

이번 비고행은 신경 쓸 것도 많아서 그랬던 거지, 뭐만

하면 옆에 들러붙어서 떠들어 댄다.

"도와줘야 하지 않나?"

"저기에 껴들라고?"

"방해야."

주서천이기에 버티는 거지, 다른 무사들이었다면 진작 죽었다. 도와줘도 방해라며 욕만 먹는다.

"아, 진짜 더럽네! 숨 쉴 시간은 줘라!"

정신없이 날아오는 공격에 짜증이 왈칵 솟았다. 그 정도로 성가신 공격이었다.

조금이라도 지치면 좋을 텐데, 삼안신투는 마치 내공이 무한하기라도 한 듯이 지속적으로 전력을 쏟아 냈다.

'이래서는 진다.'

자신도 내공은 많았다. 내화외빈이라는 별호가 괜히 있었던 게 아니다.

하지만 많은 것뿐이지, 무한한 건 아니다. 그도 사람인 이상 한계가 있었다.

일각 정도 이어진 싸움에 변화가 일어났다. 불행하게도 주서천 쪽이었다. 이마에 땀방울이 맺혔다.

밀리고 있는 건 그였다.

'이렇게 시간을 끌면 불리한 건 나야. 여기에서 이기려면 한 방 승부로 가야 한다.'

삼안신투의 몸은 보기에 무척 약해 보였다. 뼈대 자체가 얇았고, 근육도 별로 없었다. 마른 체구였다.

아까도 잔상처이긴 하지만 공격이 들어가긴 했다.

'목을 날려야 해.'

심장을 파괴해도 움직이는 게 강시다. 머리와 몸이 분리되지 않는 이상 멈추지 않는다.

'좋아.'

전술이라 할 건 없었다. 그래도 싸움에 이길 방법은 떠올렸다.

"써 보는 건 처음이지만……."

중얼거리면서 내공이란 내공은 전부 끌어 올렸다. 이제부터 할 건 일격 승부다. 여기서 지면 죽는다.

죽음을 각오하니 그만큼 정신도 집중됐다. 세상의 시간이 느리게 흘러가는 것처럼 변했다.

잠시 떨어졌던 삼안신투가 다시 달려온다. 빛보다 빠르다고 생각했던 그 움직임도 조금은 늦춰졌다.

다행히도 손에 쥔 병장기는 없었다. 불과 반 각 전 싸움에서 창대를 반으로 갈라 버렸다.

"와라!"

가만히 섰다. 그 외의 행동은 하지 않았다. 온몸이 빈틈투성이였다.

"주 대장!"

왕일이 그걸 보고 식겁했다. 자살할 생각이냐고 외치려고 했지만, 이미 삼안신투가 주서천과 근접했다.

부우웅!

삼안신투가 허리를 비틀면서 회전력을 주먹에 달아 힘껏 내질렀다. 권압이 대기를 둘로 나누었다.

주먹의 끝은 정확히 주서천의 머리를 노렸다. 이대로 두면 머리가 화려하게 터지는 걸 볼 수 있다.

"여기다!"

주서천이 제자리에서 살짝 뛰었다. 그 덕에 머리를 노렸던 주먹은 가슴으로 향하게 됐다.

물론 그렇다고 무사할 수 있는 건 아니다. 이대로 정면으로 받아 내면 다치는 건 매한가지다.

주서천은 검을 들지 않은 왼손을 재빨리 뻗어서 뱀처럼 삼안신투의 오른팔을 감아 겨드랑이에 꼈다.

"쿨럭!"

주먹을 맞지 않는다고 그 공격에 당하지 않는 게 아니다. 비슷한 공력으로 되받아치지 않는 이상, 다른 부위에 접촉하면 충격이 고스란히 전해져 왔다.

설사 겨드랑이를 잡았다 할지라도 피해를 입지 않는 건 아니다. 그 증거로 피를 토했다.

'살을 주고, 뼈를 깎는다!'

삼안신투의 움직임은 도저히 쫓을 수 없다. 그 증거로 아까부터 공격했지만 제대로 맞추지 못했다.

그래서 생각해 낸 게 이 방법이었다. 접근해서 팔을 고정하면, 삼안신투의 움직임도 봉쇄된다.

웅웅웅!

내기가 기맥을 타고 흘러 검에 도착했다. 그 내기의 색은 잘 보이지 않지만, 희미하게 자색을 띠었다.

위이잉!

검에 실린 기가 미친 듯이 회전했다. 모기가 귀 앞에서 시끄럽게 앵앵거리는 소리와 같았다.

'자하검결, 제일식!'

비고의 탐색이 시작되고도 꾸준히 수련했다. 그 덕에 자하신공이 겨우 사성에 오를 수 있었다.

자하신공을 사성에 오르면, 화산파 최고 절기이자 검법인 자하검결을 익힐 수 있다.

오롯이 장문인에게만 허락된 자하검결이 주서천의 손안에서 펼쳐졌다.

'자하개벽(紫霞開闢)!'

우르릉!

마치 벽력과도 같은 굉음이 터졌다.

“뒈져라!”

최대로 펼칠 수 있는 비장의 초식!

주서천이 고함을 치며 검을 내질렀다. 검에 실려 있던 기운이 삼안신투를 향해 쏘아져 나갔다.

삼안신투가 반사적으로 피하려 했다. 하지만 팔이 잡혀 빠져나올 수가 없었다.

결국, 자하개벽이 삼안신투를 집어삼켰다.

“아…….”

누구도 말을 꺼내지 못했다. 말은커녕 다들 숨 쉬는 것조차 잊은 듯했다.

방금 전 일어난 일을 보았음에도 머리로 이해할 수 없었다. 애초에 눈으로 제대로 좇지도 못한 싸움이다.

정신을 차리고 보니 주서천이 삼안신투의 팔을 붙잡고, 주변의 공기가 진동할 정도로의 대해와 같은 공력이 담긴 일격필살을 날려 강시의 머리를 없앴다.

“우웨에엑!”

침묵을 깬 건 주서천이었다. 그는 새파랗게 질린 안색으로 바닥에 피를 울컥 토해 냈다.

“대, 대장!”

그제야 무사들이 뒤늦게 제정신으로 돌아왔다.

"약이란 약은 전부 꺼내!"

왕일이 급히 외쳤다.

"흐히히."

주서천이 바닥에 대자로 뻗고 바보같이 웃었다.

시끄러워서 머리가 좀 울리지만 상관없었다.

그동안 답답했던 것이 모두 풀리는 기분이었다.

숨겨 왔던 전부를, 단번에 한계까지 끌어 올려서 새로운 초식을 펼치는 건 오싹할 정도로 짜릿했다.

"으, 아프다."

꽤 위험하다. 하지만 기분은 나쁘지 않았다. 계속 이상하게 웃음이 나왔다.

'내가…… 삼안신투를 이겼어.'

육대랑 때와는 다르다. 누군가의 도움 없이 혼자 싸워서 이겼다.

눈앞에 있는 강시는 어중이떠중이가 아니다. 고금 역사에도 길이길이 남을 전설의 도둑, 삼안신투.

비록 삼안신투가 절대고수는 아니나 그래도 그 전설적인 인물에게 이겼다는 생각에 입이 귀에 걸렸다.

"천하를 훔쳤다고? 그럼 난 천하를 훔친 삼안신투의 보물을 훔쳤다! 으하하…… 커헉, 쿨럭!"

주서천이 기분 좋게 웃다가 피를 토했다.

第九章
일파만파(一波萬波)

　내상약으로 치료하려 했지만 어림도 없었다. 삼안신투의 무공이 워낙 고강해서 그걸로 소용없었다.

　게다가 정면으로 맞아서 그런지 내상이 상당히 심했다. 주서천은 내상약도 먹고, 영약도 복용했다.

　처음에 얻었던 영약은 어떤 것인지 모르니 불안해서 쓸 수 없었고, 효과가 확실한 소환단을 썼다.

　주서천은 무사들의 부러움을 받으며 운기조식을 취하면서 내상을 치유하는 데 힘썼다.

　눈을 떴을 때, 약 이삼일이 지났다고 한다.

　내공은 그다지 늘지 않았다.

내상을 입은 채로 자하개벽이라는 최대의 초식을 펼치는 바람에 기맥과 혈맥, 단전이 너덜너덜해졌다.

내장도 상당히 상했다. 그걸 치유하는 데 소환단의 내공 전부를 사용해 버렸다.

아깝지만, 목숨보다는 아니다.

'일단 무슨 일이 있었던 건 아니군.'

운기조식에 들 때, 솔직히 무사들을 걱정했다. 혹시라도 그들이 재물에 눈이 멀어 배신할 것 같아서다.

하지만 다행히도 한 명도 없었다. 배신하기는커녕 다들 교대로 호법을 서 줬다고 한다.

"고맙소."

주서천은 그들에게 솔직하게 감사 인사를 전했다.

"고마워할 게 뭐가 있겠소? 어차피 우리가 없어도 영약을 알아서 복용했을 거요. 그리고 어떠한 위험도 없었으니 혼자였어도 알아서 살아났을 거외다."

초령이 피식 웃으면서 별거 아니라는 듯이 말했다.

"방금 일어나서 잘 모르겠는데, 누가 나에게 상황 설명 좀 해 주겠소?"

"저 강시가 쓰러지자마자 제단이 사라지고 비석이 나타났소."

왕일이 계단 위에 있는 비석을 가리켰다.

"무슨 일이 일어날지도 모르니까 가 보지는 않았어."

제갈승계가 말했다.

"좋아, 그럼 그동안 고생한 걸 받으러 갈까."

주서천이 일어나 걸어갔다. 머리가 사라진 삼안신투의 시체는 감정을 담아 발로 뻥 차 줬다.

"흐."

비석에 새겨진 문장과 글자를 보고 웃음이 흘러나왔다.

"찾았다."

일월신궁, 중도만공보다 찾아야 할 것이 있다. 다른 건 몰라도 눈앞에 있는 것만큼은 얻어야만 했다.

"유령신공(幽靈神功)"

자신을 그토록 괴롭혔던 무공!

소리도 들리지 않고, 기척도 들리지 않는 발걸음!

그 신묘한 움직임의 정체가 바로 유령신공이었다.

주서천은 비석에 새겨진 글귀를 읽었다.

천(天)은 지식이요

지(地)는 힘이니

인(人)은 사람이리라

천지를 갖추었다면 이안(二眠)을 얻은 것이니

사람인 삼안(三眠)을 찾아서 천하(天下)를 훔쳐라

삼안신투의 유언이었다. 그 밑으로는 그의 일생과 유령신공의 구결이 기록되어 있었다.

주서천은 유령신공의 구결을 전부 암기한 다음, 그 밑의 흑함(黑函)을 열었다.

안에 있는 건 한 권의 서적이었다.

반야신공(般若神功)

주서천은 제목을 확인하고 누가 보기도 전에 얼른 품 안에 넣었다. 그만큼 파급력이 큰 비급이었다.

소림사의 신공절학으로 수백 년 전에 소실되어 이제는 전설로만 전해져 내려오는 절세무공!

그 반야신공은 사라진 게 아니었다. 삼안신투가 소유하고 있었다.

주서천은 흑함 또한 자신의 짐 보따리에 넣어 두었다. 이걸로 중요한 건 전부 회수했다.

"이제 떠나는 겁니까?"

왕일이 물었다. 그 목소리는 왠지 모르게 들떠 있었다.

"그렇소."

"야호!"

"만세!"

대답이 떨어지자마자 무사들이 환호했다. 다만 목소리는 그렇게 크지 않았다.

함정 중에서 목소리가 높으면 발동하는 게 있었다.

비고의 경험으로 얻은 건 미칠 듯한 조심성이었다.

"조금만 기다리시오."

주서천이 자하개벽으로 비석을 박살 냈다. 그리고 잔해들을 모아 다시 한 번 자하개벽으로 부쉈다.

그리고 알아볼 수 없도록 주변에 골고루 뿌린 뒤, 머리가 사라진 강시의 몸을 어깨에 걸쳤다.

"이건 가면서 버릴 거요. 갑시다."

그렇게, 지긋지긋했던 비고행이 끝났다.

*　　　*　　　*

비고를 되돌아오는 건 그다지 어렵지 않았다. 중간에 삼안신투의 시체는 가시 함정에 버려두고 왔다.

회수할 수 있는 보물이 아직 있었지만, 그 양이 많아 두고 갈 수밖에 없었다.

일행은 암장으로 나와 쉴 새 없이 걸었다. 피곤했지만 그래도 귀환한다는 생각에 발걸음이 가벼웠다.

며칠 뒤, 인근 마을에 도착하니 기다리고 있는 건 금의상단이었다.

떠나기 전, 말해 두었던 대로 인근 마을에 이의채가 자기 사람을 대기시켜 두었다.

"상단주에게 모든 일이 끝났다고 전하시오."

"예!"

금의상단의 연락책은 곧바로 전서응을 날렸다.

주서천은 그걸 확인하고 갈 길 가려 했지만, 연락책이 그를 막았다.

"상단주님이 호위 무사단과 근처에 있습니다. 하루 정도면 도착할 거라고 예전에 전해 달라 했습니다."

"옹안은 어쩌고 왜 인근에 있습니까?"

"그쪽은 이제 완벽합니다. 상단주님이 타 지역에서 명령만 내려도 될 정도입니다."

"호, 역시 능력은 좋아."

괜히 미래의 상왕이 아니었다.

연락책이 말한 대로 마을에서 하룻밤을 잤다. 점심을 먹을 무렵, 이의채가 상단을 이끌고 나타났다.

"아이고, 대협!"

"오랜만입니다, 상단주."

주서천이 이의채를 보고 손을 흔들었다.

이의채의 시선은 주서천을 비롯한 왕일 등의 무사들의 짐 보따리로 향했다. 너무 노골적이었는지라 어떤 의도인지 쓴웃음이 나올 정도로 알 수 있었다.

"그동안 얼마나 힘드셨습니까? 대협께서 고생하신 것만 생각하면 이 이의채, 눈물이 앞을 가립니다. 으흐흑, 어서 타시지요. 제가 대협을 위해서 사두마차를 준비했사옵니다. 오직 대협만을 위한 마차입니다요!"

이의채가 소매로 눈에 맺힌 물방울을 닦았다.

"방금 전에 물통에 손가락 넣는 거 봤는데……."

"자자, 이러지 마시고 얼른 타시지요. 이러다 대협의 다리가 부러지겠습니다!"

이의채가 소란을 떨며 주서천을 마차에 태웠다.

마차는 상당히 깔끔하고, 또 편안해 보였다. 실제로 출발하자 그 탑승감은 상당히 좋았다.

마차 주변으로는 약 오십여 명이 넘는 무사들이 호위했다. 대부분 이류에서 일류 정도는 될 듯했다.

참고로 짐 보따리는 전부 회수해서 마차 안에 넣었다.

그 덕에 여덟 명은 앉을 수 있는 자리에 사람 대신 보따리가 찼다.

다른 곳에 두려고 해도 안에 있는 것들이 워낙 범상치 않은 것들뿐인지라 어쩔 수 없었다.

"제가…… 아니, 승 공자께서도 어디 다치신 곳은 없습
니까?"

이의채가 제갈승계의 이름을 부르려다 주변에 듣는 귀가
많다는 걸 깨닫고 뒤늦게 가명을 불렀다.

"제발 눈은 보고 얘기합시다."

제갈승계가 보물에 눈이 먼 이의채를 질린 듯이 쳐다봤
다.

"확인해 보십시오."

주서천이 못 말리겠다는 듯이 어깨를 으쓱였다.

그러자 이의채가 번개같이 움직여 보따리를 살짝 열어서
머리만 집어넣었다.

"스읍~하. 스읍~하. 쿠헤헤……."

이의채가 사람으로서 여러모로 맛이 간 행동을 했다. 머
리를 보따리에 처박고 심호흡하며 웃어 댔다.

"대협을 따른 건 틀리지 않은 선택이었어! 후히히!"

사람과는 거리가 먼 목소리였다. 혹시나 마공을 연공한
건 아닌지 의심될 정도였다.

"쿵쿵, 알싸한 향이 나네. 역시 돈이 약이지!"

"그건 영약 냄새요."

주서천이 정색했다.

"자, 그만 정신 차리고 앞으로 어떻게 할지나 이야기합

시다."

주서천이 발끝으로 이의채의 신발을 툭 쳤다.

그는 보따리에 넣은 머리를 꺼내며, 아쉬운 듯 입맛을 다셨다.

"우리가 비고로 떠난 지 시간이 얼마나 흘렀습니까?"

"한 달이 조금 넘었습니다."

예상한 시간이었다.

"별일 없었습니까?"

"어떤 고수가 누군가와 싸워 죽었다, 정도는 있습니다."

정말 별일 없었다. 강호 무림에선 흔한 일이다.

정파, 사파, 마도이세의 세력 다툼도 마찬가지였다. 변하는 건 없었다.

화산파, 제갈세가는 여전히 수림구채를 어찌하지 못했다.

"아, 그리고 귀양에 거처를 만들어 두었습니다. 당분간은 그곳을 주거지로 삼아 활동할 계획입니다."

귀양은 귀주의 성도이다. 관부의 영향을 받는 만큼 정파도 사파도 이곳만큼은 어찌할 수가 없는 곳이다.

"굉장하군요."

주서천이 순수하게 감탄하면서 이의채를 칭찬했다.

이 짧은 시간 내에 이 정도의 호위 무사나 성도에 거처를 세운 것은 하나같이 쉬운 일이 아니었다.

"어흠, 저 대협…… 소상이 궁금한 것이 있어서 그런데 혹시 여쭤 봐도 되겠습니까?"

이의채가 손바닥을 비비면서 그의 눈치를 봤다.

"보물의 분배지요?"

주서천이 예상한 얼굴로 반문했다.

"과연 대협이십니다! 말하지도 않았는데 어찌 이렇게……."

"적당히 합시다."

손을 들어서 길어지려는 말을 끊었다.

"단도직입적으로 말하겠습니다."

꿀꺽!

이의채가 땀을 뻘뻘 흘리면서 침을 삼켰다. 심장이 쿵쾅 쿵쾅 하고 성난 황소처럼 날뛰었다.

'얼마나 줄까? 삼 할? 이 할?'

주서천은 어리지만 호구는 아니다. 괜히 욕심을 부렸다간 목이 날아갈지도 모른다.

이의채도 적당한 선이란 걸 알고 있었다.

"전 이 돈을 전부 상단주께 맡기겠습니다."

"……예?"

이의채가 순간 두 귀, 아니 머리를 의심했다.

혹시 자신이 원하는 바가 너무 심해져서 이젠 상대방의 말까지 왜곡해서 들은 건 아닌가 싶었다.

"어차피 전 이 많은 걸 어떻게 할 수 없습니다. 아무리 화산파가 속세적인 경향이 있어도 재물욕에는 엄하지요. 아실지 모르겠지만 전 도사입니다."

"……아!"

이의채와 제갈승계가 탄성을 내뱉었다.

"그리고 이번 일로 상단주가 믿을 만한 사람이고 또 능력도 있는 사람이란 걸 알게 됐습니다. 그래서 전 상단주께 투자를 해 보려 합니다."

"투자…… 말입니까?"

"예. 돈을 불리는 건 상단주의 특기이지 않습니까. 이 돈을 자본으로 해서 불려 주십시오. 그 대신, 제 부탁을 우선적으로 들어주시고 또 도와주셔야 합니다."

주서천이 진정으로 원하는 건 이미 손에 넣었다. 이거 외에 돈이 될 만한 건 딱히 필요 없었다.

만약 이 돈으로 상단주를 자기 사람으로 만들 수 있다면, 얼마든지 줄 수 있었다.

"여기 있는 동생의 일도 마찬가지입니다. 원래 보물의 분배는 상단주가 이(二), 승이가 삼(三), 제가 오(五)입니다."

제갈승계의 몫은 무시할 수 없다. 그가 없었다면 비고의 진입 자체에 큰 문제가 생겼을 것이다.

"제 공부를 도와주거나, 나중에 세가가 곤란할 때 도와주신다면 전 상관없어요."

제갈승계가 아직 어려서 그런 건지, 아니면 천성이 그런지는 모르지만 재물 욕심이 없었다.

주서천이 제안하자 흔쾌히 승낙했다.

"어떻게 하시겠습니까?"

주서천이 손을 건넸다.

이의채는 그 손을 멍하니 쳐다봤다.

그리고 주서천을 한 번, 제갈승계를 한 번 살폈다.

"흐으윽!"

가슴속 깊숙한 곳에서 무언가가 치솟았다.

이의채는 이 감정에 몸을 맡기며 허리를 숙였다.

"대협, 공자! 발을! 발을 핥게 해 주십시오!"

"……."

"……."

주서천과 제갈승계가 침묵했다.

*　　　　*　　　　*

귀양.

"삼안신투의 비고 위치입니다. 보물이 있다고 소문을 퍼뜨리십시오."

왕일이나 초령 등의 무사들을 못 믿는 건 아니다.

하지만 그들의 주사는 믿지 못한다.

특히 남자들의 경우, 술과 여자가 함께하는 잠자리일 경우를 생각하면 비밀을 유지할 수 없을 것이다.

맨정신으로는 무한한 신뢰를 보일 수 있어도, 술을 마시면 달라지는 법이다.

어차피 영원한 비밀이란 건 없는 법이다. 그래서 이렇게 비고의 존재를 밝히기로 했다.

며칠 뒤, 무림에 소문이 퍼졌다.

"자네, 그거 들었나?"

"삼안신투의 비고 말이지? 그걸 누가 믿어?"

삼안신투의 비고!

처음에는 그 누구도 믿는 눈치가 아니었다. 하나같이 다들 뭔 헛소리를 하냐면서 비웃었다.

삼안신투가 삼백 년 전에 실존하긴 했지만, 그 행적이 워낙 허황된지라 거의 전설로 취급하고 있었다.

황궁은 물론이고 정파, 사파, 마도이세를 전부 털었다니, 천하제일인도 그건 불가능했다.

"암장이면 근처인데…… 마침 할 것도 없겠다, 한번 가 봐야겠군."

그러나 사람이란 건 자고로 호기심의 동물이다.

아무리 허황된 것이라 할지라도, 누군가는 그걸 굳이 확인하려 한다. 그게 사람이다.

"이봐, 삼안신투의 비고 말일세……."

"응? 또 그 헛소문이 유행인가?"

"아무래도 헛소문이 아닌 모양이야."

이의채는 주서천이 가르쳐 준 대로 정확한 장소까지 소문으로 퍼뜨렸다. 누구라도 찾아갈 수 있었다.

그리고 그곳을 방문한 사람은 의외로 있었다. 몇몇은 함정에 걸려 죽었고, 몇몇은 운 좋게 살아남았다.

후자의 사람들이 돈이 될 만한 무언가를 가져와 부자가 되자, 그 소문은 순식간에 바뀌었다.

뒤늦게 퍼진 전설의 헛소문이 아닌, 사실로!

개양.

"삼안신투?"

신도균이 눈살을 찌푸렸다. 그의 손에 들린 건 안휘에서 내려온 공문이었다.

"에잉, 쯧쯧."

신도균이 마음에 안 드는 듯 혀를 찼다.

"안 그래도 이 동네 항상 사람 부족한 거 알면서, 비고를 조사하라고? 너무하다. 너무해."

귀주의 북부는 정파 무림의 영역이다. 여기에서 서북부로 좀만 올라가면 비고의 장소가 나온다.

지리적으로 가깝다 보니 조사하라는 명령이 내려왔다.

신도균은 마음에 안 들었지만, 어쩔 수 없이 사람을 보냈다. 그리고 얼마 뒤에 귀를 의심하게 된다.

"뭐? 있어? 비고가?"

"예. 정말인지는 모르지만, 지하로 내려가 보니 바닥에 삼안신투의 문장을 발견했다고 합니다."

"헉!"

신도균은 본부로 보고를 올렸다.

"진짜라고?"

무림맹 장로진도 당황스러운 기색이 역력했다.

그들은 소문이 사도천이나 마도이세의 함정이 아닐까 생각하고 조사대를 파견하라 한 것뿐이었다.

그런데 함정은커녕, 진짜라고 하니 혼란스러웠다.

"뭐하고 있어? 당장 자리에 없는 장로들 불러와!"

사도천.

"삼안신투? 그 삼백 년 전의 도둑놈?"

사도천주가 어이없어했다.

"무림맹이랑 마도이세는 어떤가?"

"그들도 모르는 눈치입니다. 무림맹의 경우, 얼마 전에 대대적으로 탐사대를 파견했습니다."

"소문의 출처가 어디지?"

뜬금없어도 정말 뜬금없었다.

조용히 있다가 갑자기 삼안신투의 비고가 발견됐다 한다. 의심하지 않으면 그게 더 이상하다.

"그게…… 이미 퍼질 때로 퍼지고, 제법 기한이 지난 상태라 추적이 불가능합니다."

비고에 대한 소문이 퍼졌을 때, 다들 헛소문이라면서 코웃음 쳤다. 그 누구도 깊게 생각하지 않았다.

그때 조금이라도 신경을 썼다면 첫 발원지가 어디인지 발견했을지도 모른다. 하지만 이미 늦었다.

"마도이세는?"

"지켜만 보고 있는 추세입니다."

"그렇겠지."

마교도 혈교도 본산이 중원 밖에 있다. 중경까지 오려면 중원을 침공해야 하는데, 그럼 전쟁이다.

또한 그들은 신도들 덕에 돈이 부족한 것도 아니고, 무공

또한 마공인 만큼 파괴적이고 강했다.

굳이 무리해서까지 삼안신투의 비고를 방문할 이유가 없었다.

"적림십팔채는?"

"얼마 전에 화산파와 제갈세가와의 일 탓에 눈치를 보고 있습니다. 또한 중경에 여러 정파인들과 낭인들이 모이는 것도 신경 쓰이는 모양입니다."

아무리 중경이 적림십팔채의 영역이라고 해도, 비고를 노리고 모일 무인들을 생각하면 부담스러웠다.

수림구채는 어차피 장강에서 나오지 않는 편이 낫고, 동원할 수 있는 건 녹림구채뿐이었다.

전력이 약해진 틈을 타서 토벌이라도 당하는 건 아닌지 걱정되어 나서지 않고 있었다.

"보내라."

사도천주가 고민을 끝냈다.

"괜찮겠습니까?"

자칫 잘못하면 정사대전이다.

"무림맹주에게 서신을 보낼 준비를 해라. 아마 지금쯤 내가 제의할 협정을 기다리고 있을 게다."

비고를 탐사할 세력은 둘밖에 없다.

무림맹과 사도천.

이 둘이 한자리에 모이면 어떻게 될지 안 봐도 뻔하다. 이 일로 전쟁이라도 벌어지면 곤란하다.

마침 중경은 적림십팔채의 영역. 어찌 보면 중립이다. 협정할 수 있는 여건이 된다.

"조금 성가신 일이 벌어지겠지만, 비고가 진짜라면 정파 놈들에게 넘길 수만은 없지. 처리해."

"존명!"

중경에 사람들이 모였다. 무인뿐만이 아니었다. 일확천금을 노리는 도굴꾼들도 모였다.

무림맹과 사도천은 협정을 맺었다.

비고의 탐사가 끝나기 전까지는 싸우지 않겠다는 내용이었다. 어긴 자는 엄중히 벌을 내리기로 했다.

정파와 사파까지 본격적으로 움직이자, 비고에 대한 소문은 사실상 진짜가 됐다.

각 지방에서 일확천금을 노리는 자들이 중경으로 몰렸다. 사람들이 많이 모인 만큼 상인도 왔다.

졸지에 사람 한 명 없던 암장에는 현재 중원에서 제일 사람이 붐비는 곳 중 한 곳이 됐다.

인근에 있던 마을들은 전부 대박이 났다.

참고로 이의채는 이 현상을 예상하고 객잔을 미리 세워

두었다.

정파인, 사파인, 낭인, 상인, 구경꾼.

남녀노소 할 것 없이 모여들었다. 정말로 많았다.

"형님, 난 왜 세가로 못 돌아가는데?"

제갈승계가 물었다.

"이제 막 탐사가 시작됐잖아. 네가 저기에 등장하면 제갈세가가 눈 벌겋게 뜨고 널 데려갈걸?"

"얌전히 있을게."

제갈승계가 싫은 티를 팍팍 냈다.

"그리 오래 걸리지는 않을 테니까, 소환단 먹은 거나 소화하고 있어라."

주서천은 제갈승계에게 영약을 줬다.

그것도 소환단이 무려 둘이었다.

환산하면 사십 년 치 내공. 제갈승계는 일단 한 개만 복용하고, 열심히 운기조식하며 수련했다.

그리고 약속한 대로 주서천을 형님으로 모시기로 했다.

주서천이 그동안 해 둔 것(?)이 있어서 그랬는지, 딱히 이렇다 할 거부감은 없었다.

별로 살지도 않았지만, 그래도 평생 동안 자신을 이렇게까지 진지하게 인정해 주는 사람은 없었다.

나름대로 자신에게 잘 대해 주었던 제갈상조차도 해 온

걸 버리고 다른 공부를 하라 조언했다.

하지만 주서천은 달랐다. 멈추지 않고, 포기하지 않고, 계속하라고 했다. 거기에 무척 감동했다.

"미로 탓에 더럽게 복잡하고, 함정도 질릴 정도로 많이 남아 있으니 비고 털려면 시간 좀 걸리겠지."

주서천 일행은 정말 빠른 편이었다. 괜히 제갈승계를 데려간 게 아니었다.

어쩔 수 없는 함정 몇 개를 빼곤 전부 해제하고, 걸리지 않은 채 전진했다. 미로도 빠져나왔다.

하지만 다른 이들은 아니다. 정파건 사파건 간에 다들 두 달에서 세 달 이상은 걸릴 게 분명했다.

"그래도 다 끝나고 돌아갈 건 아니니 걱정 마라. 자, 상단주에게도 할 말은 다 했으니 우리도 슬슬 떠나자."

귀양이 아무리 관부의 영역이라고 해도, 무림인이 아예 못 오는 건 아니었다.

어디까지나 소란을 피우지 못할 뿐이지, 출입은 자유롭게 할 수 있었다.

그들 중에서 자신들을 알아보는 사람들이 있을지도 모른다. 하루라도 빨리 떠나야 했다.

"그럼 두 분 모두 무운을 빌겠습니다. 도움이 필요하다면 언제든지 연락해 주십시오."

이의채가 배웅해 줬다.

"상단주. 떠나기 전에 전해 줄 것이 있소."

주서천은 품에서 두 권을 서책을 꺼냈다. 비고에서 얻은 비급, 단쾌검법과 질풍보였다.

"이건……?"

"왕일을 비롯해 나와 함께했던 열 명이 믿을 만하고, 계속해서 곁에 둘 거면 이걸 전수해 주시오. 사본은 따로 두지 않는 게 좋을 거요. 일류 무공 정도는 되오."

"명심하겠습니다."

"그럼 다음에 봅시다."

주서천은 일부 비급서들만 제외하고 이의채에게 전부 맡겼다.

두 사람은 귀주를 떠나 호남에 도착했다. 그리고 호남에서 인적이 드문 산을 찾아 잠시 은거했다.

약 한 달 동안, 주서천과 제갈승계는 무공 수련에 힘썼다. 주서천은 주로 제갈승계를 도왔다.

"이런 말 하기 뭐하지만……."

주서천이 으음, 하고 침음을 흘렸다.

"승계야, 너 정말로 무공은 꽝이구나."

"내공 늘면 고수라며! 이 거짓말쟁이야!"

제갈승계가 씩씩거리면서 화를 냈다.

제갈승계는 주서천의 도움을 받아 소환단 두 개를 전부 흡수했다. 그 덕에 사십 년 내공을 얻었다.

"반은 맞는 말이지. 그 증거로 네 신체 능력이 몰라보도록 상승했고, 경지도 미약하게나마 올라갔잖아."

내공은 곧 힘의 근원이다. 내공량이 많아진 만큼, 근력이나 속력 혹은 반사 신경 등이 올라간다.

무공 자체의 경지도 삼류에서 이류로 올랐다. 다만, 이건 순전히 내공의 힘 덕분이었다.

하지만 반대로 수중의 내공을 전부 사용하게 된다면, 다른 게 워낙 형편없어서 일반인과 다를 것 없다.

원래 제갈세가의 핏줄 자체가 무공에는 그다지 연이 없다. 제갈승계는 그중 특히 그랬다.

무공 자체에 아예 관심이 없을 뿐만 아니라 이해도도 부족하고 노력도 하지 않으니 늘지 않는 건 당연했다.

주서천은 그 점을 지적했다.

"원래라면 소환단을 복용하고 고수가 됐어야 하는데, 네가 열심히 하지 않았으니 네 탓이란다."

"저번에 분명 영약만 복용하면 고수가 된다고 했……."

"자신의 부족함을 남의 탓으로 돌리면 그보다 더한 소인배는 없지. 승계는 그런 사람이 아닐 거야. 그렇지?"

"당연하지! 난 그딴 소인배가 아니야!"

제갈승계가 넘어갔다.

"그래? 그럼 고수가 못 된 건 누구 잘못이지?"

"내가 무공 공부를 게을리한 탓이지!"

"그렇지!"

주서천이 손뼉을 치며 좋아했다. 왠지 모르게 비웃음같이 보였다.

"으음, 뭔가 속은 느낌인데……."

"기분 탓이야."

그렇게 두 사람의 공동생활이 시작됐다.

근 한 달 동안, 무공 수련을 열심히 했다. 제갈승계의 무공을 간간이 도와주기도 했다.

그 외에는 주서천도 자신의 무공 수련에 힘썼다.

'자하신공이 사성, 자하검결은 이제 막 시작했다. 여전히 느리다. 아니, 빠르다고 말해야 하나.'

자하신공은 개파 이후 유일무이한 신공이다. 익히기가 쉽다 하면 그게 더 이상하다.

화경의 깨달음이 있다 해도 무공 자체가 워낙 난해해서 다른 무공에 비해 익히는 데 시간이 좀 걸렸다.

물론 이것도 일반적인 시점에서 보면 상당히 빠른 편이었다.

'조급하게 마음 가질 필요 없어.'

예전처럼 급박할 정도로 시간이 부족한 것도 아니고, 들 킬 염려도 없었다.

자하신공은 대성하기 직전이 아닌 이상 연공 유무를 알 수 없다.

第十章
중도만공(中途萬功)

　'십사수매화검법은 전부 대성했으니…… 이십사수매화검법을 수련할 차례군. 일초식부터 다시 보완하자.'

　십사수매화검법을 대성했다고 이십사수매화검법의 십사초식까지 수련하지 않아도 되는 건 아니다.

　십사수는 이십사수의 반절도 아닌, 반의반절이다.

　초식을 십사수로 완성하려면 다른 초식들도 필요적으로 완화하고 축소해야 했기 때문이었다.

　그래서 두 무공을 연공하는 시간도 차이가 난다. 십사수에서 오초식을 배울 때쯤, 이십사수에선 아직 이초식이다. 초식의 난이도 차이 탓이었다.

'그래도 전에 해 둔 게 있어서 다행이로군. 조금만 수련 하다가 다음으로 넘어야겠어. 십오초식은 전에 해 두었으 니, 십육초인 낙매성우(落梅成雨) 차례인가.'

또한 이십사수매화검법은 자하신공처럼 처음이었다. 오 직 매화검수나, 예정된 수련 검수에게만 허락된 것이기에 주서천도 구결만 알고 있었다.

"으으…… 더럽게 어렵군."

이십사수매화검법을 펼칠 때마다 드는 생각이었다.

화경의 깨달음이 있다 해도, 이십사수매화검법처럼 절 기에 분류될 만큼 어려운 검법을 마음대로 할 수 있지는 않 다. 그게 처음이면 더더욱 그렇다.

애초에 주서천이란 사람이 재능이 뛰어난 게 아니다. 처 음 배우는 것이니 헤매는 건 당연한 일이었다.

"쩝, 내공이 육십 년이 넘으니 매화생공도 슬슬 효력이 떨어지고……."

당연하면 당연한 이야기지만, 매화생공의 축기는 영구적 으로 뛰어난 효과를 발휘하는 게 아니었다.

일 갑자 전까지는 무림에서 손에 꼽을 정도로의 축기 속 도를 자랑한다. 하지만 그 이후는 아니다.

보통, 혹은 그 이하까지 하락해서 운기행공을 해도 그렇 게까지 좋지는 않다.

만약 영구적이었다면. 화산파의 일대신공은 이대신공으로 바뀌고도 남았다.

"수고했다, 매화생공. 다음에 보자."

매화생공과 안녕을 고했다. 이 이상 매화생공을 연공하는 건 시간 낭비다. 차라리 다른 걸 수련하는 게 낫다고 판단해서 미련 없이 포기했다.

몇십 년 뒤, 모든 게 끝나고 한 천재의 손에 의해서 발굴될 날을 기약하며 떠나보냈다.

"자, 그럼 이제……."

품 안에서 한 권의 서적을 꺼냈다. 그의 수중에 있는 비급 중 하나였다.

"운이 좋았다."

꿀꺽

삼안신투의 비고에서 영순위로 얻어야 할 보물이 있었다. 바로 이 중도만공이다.

중도만공이 비고에 잠들어 있다고 알고 있었지만, 정확히 어디에 있는지는 몰랐다.

나오기 전까지는 비고를 이 잡듯이 뒤져 볼 생각이었다. 그런데 다행히 생각보다 빨리 나왔다.

"중도만공……."

무공은 한 번에 여러 가지를 익힐 수 없다.

정확히 말하면, 익히지 않는다는 게 맞았다.

이유는 크게 셋으로 나뉜다.

첫째, 무공은 그 종류에 상관없이 무엇 하나를 대성하기도 어렵다. 아니, 인정받는 수준도 힘들다.

그 정도로 어려운 것이 무학이다. 한 번에 여럿을 익히면 어떻게 되겠는가? 전부 어정쩡해질 게 뻔했다.

둘째, 무공 전개의 위험성이다.

예를 들어, 검법을 펼치는 도중이나 혹은 직후에 권법이나 장법 같은 다른 종류를 전개할 수 있을까?

불가능한 건 아니다. 하지만 그렇다고 자신 있게 가능하다고 말할 수도 없었다.

무공을 동시 전개하는 건 사실상 불가능하다.

오른손으로는 검법, 왼손으로 장법을 동시에 펼쳤다가는 내기를 운용하는 것이 겹치거나 꼬여 버려 주화입마가 일어나기 십상이다.

셋째, 선행 무공의 조건이다.

화산파의 검법을 펼치려면, 단연 그 전에 매화기공 등의 심법을 수련했어야 한다.

그렇지 않으면 제대로 펼칠 수 없는 건 물론이고, 전자와 마찬가지로 주화입마 행(行)이다.

심지어, 만약 정파의 무공을 수련한 자가 사파의 무공처럼 성질이 다른 것을 흉내만 낼 경우에도 큰일 날 수 있었다. 무공이란 건 그만큼 예민하다.

하지만 이 상식을 무시할 수 있는 무공들이 있다.

무당파의 양의신공(兩儀神功)과 중도만공이다.

양의신공의 경우, 놀랍게도 이 무공은 권법이나 장법 등 두 종류의 무공을 동시에 전개할 수 있었다.

동시에 수련하는 것 역시 문제가 없었다. 다만, 어디까지나 두 종류뿐이다. 그 이상은 불가능하다.

또한 양의신공은 어디까지나 무당파의 무공 안에서다. 그 외의 무공은 같은 도가 문파라도 불가능했다.

위의 상식들 중 두 번째까지만 무시할 수 있고, 세 번째는 적용된다.

또 다른 무공인 중도만공의 경우는 그 반대이다. 오직 세 번째 것만 무시할 수 있었다.

중도만공은 설사 성질이 다르다 할지라도, 어떠한 심법을 수련했건 간에 전부 전개할 수 있었다.

그야말로 이름에 맞는 특성이었다.

"본래의 반절 정도의 힘밖에 발휘할 수 없지만……."

다만 중도만공도 만능은 아니었다.

만약 본래의 힘 전부를 발휘할 수 있다면 신공을 넘어 천하제일 무공이다.

중도만공은 여러 무공들을 제약 없이 수련할 수 있는 대신, 이처럼 반절 정도의 위력밖에 내지 못했다.

솔직히 말해서 대단한 무공이냐고 묻는다면, 대답 하기가 참으로 애매했다. 주력으로 삼은 무공 외에는 위력을 제대로 낼 수도 없고, 따로 수련도 필요했다.

삼류나 이류 무인이 아닌 이상 이런 불안정한 것보단 사문의 무공에 주력하는 것이 훨씬 나았다.

"나에게는 나쁘지 않지."

주서천은 화산의 주요 무공은 자하신공, 자하검결, 이십사수매화검법을 제외하곤 노력이 덜 든다.

아니, 이 셋도 회귀한 이후 기준으로 다른 것에 비교해 성장이 더딜 뿐이었다. 일반적인 시선에서 보면 입이 떡 벌어질 정도로 빨랐다.

"부족한 건 내공으로 대신하면 그만이고."

열두 살에 일 갑자다. 약관이 되었을 때 얼마 되었을지 상상조차 가지 않는다. 게다가 소환단도 남아 있으니, 추후의 내공 증가량은 어마어마할 것이 분명했다.

설사 위력이 부족할지라도 이 무식한 양의 내공으로 대체하면 그럭저럭 어떻게든 써먹을 수 있을 것이다.

'하지만 이걸 어떻게 써먹을지에 대한 건 둘째다. 난 그것 때문에 이걸 손에 넣으려고 한 게 아니야.'

주서천은 여기까지 오면서 중도만공을 한 글자도 빠지지 않고 전부 외웠다. 그리고 오늘 소각했다.

산불이 나지 않도록 계곡 근처로 와서 모닥불에 던졌다.

"이걸로, 암천회주(暗天會主)의 날개를 뜯었다."

전란의 시대.

수많은 영웅과 마두가 있었고, 고수가 있었다. 그리고 그들은 전란을 통해 나타나고, 또 사라졌다.

또한 그 무리 중에서도 제일로 이름을 알린 자가 있다면, 오직 한 사람뿐이었다.

천하제일인(天下第一人) 암천회주

세상에는 아직 모습을 드러내지 않은 불분명한 세력이 있었다. 그들의 이름이 암천회이다.

암천회의 시작이나 역사 자체는 자신도 잘 모른다.

다만, 그들이 오랫동안 무림정복을 위해 준비해 둔 것이 많다는 것은 알고 있었다.

암천회는 삼안신투의 비고 때를 제외하곤 무림 사건 곳곳에 관여하여 중원을 조종했다.

그리고 훗날 무림 세력들이 약해질 때쯤, 세상에 자신들의 존재를 공표하고 전쟁을 일으켰다.

그 전쟁은 전란 시대 중에서도 제일 오래 이어졌으며, 격렬했다. 무림 역사상 최대 암흑기라 불렀다.

하지만 영원할 것이라 생각했던 이 전쟁도 암천회주의 사망으로 전란의 시대와 함께 막을 내렸다.

'한 번밖에 보지 못했지만, 그는 인간이 아니었다.'

정확히 언제인지는 기억이 나지 않는다. 희미한 기억을 더듬어 보면 아마 육십 세 즈음의 일이다.

암천회주를 본 순간, 온몸이 얼어붙었다. 몸이 덜덜 떨며 손끝 하나 움직이지 못했었다.

아직도 그때를 생각하면 공포가 몰려왔다.

설사 화경일 때라 할지라도, 이길 가능성이 보이지 않는다. 실제로 화경의 고수 몇이 암천회주에게 도전했다가 상처 하나 입히지 못하고 세상을 떠났다.

천하제일인에 누구보다 잘 어울리는 괴물.

상식에서 벗어난 무력뿐만 아니라 지력 또한 뛰어나 세상 뒤에 숨어서 무림을 손바닥에 올렸다.

'이 중도만공만 아니었더라면!'

본래의 역사에서 중도만공은 최후 암천회주의 손 안에 쥐어진다. 그리고 그건 재앙을 부르게 됐다.

암천회주는 존재 자체가 상식에서 한참 벗어났다.

그는 시대가 내린 희대의 천재였으며, 어떠한 무공이건

간에 그다지 어렵지 않게 대성했다. 암천회주에게 있어서 무공을 여럿 수련한다고 성장이 더뎌진다는 건 패배자의 헛소리에 불과했다. 검이건, 도건, 창이건 간에 일단 손에 닿고 배운다면 대성하는 게 그렇게까지 오래 걸리지 않았다.

그런 암천회주에게 중도만공은 호랑이, 아니 용에게 날개를 달아 주는 격이었다.

"여러모로 미친 시대야……."

주서천이 헛웃음을 흘렸다. 어이없어하는 눈동자에는 재가 되어 버린 중도만공의 비급서가 보였다.

인재가 이만큼 많았던 시대도 또 없다. 그만큼 영웅과, 마두와, 천재와, 괴물이 쏟아졌다.

그리고 앞으로 그 시대가 펼쳐질 생각을 하니 벌써부터 골이 아팠다. 듬직한 아군도 많지만, 그만큼 성가신 적도 헤아릴 수 없을 만큼 있었다.

"돌아가자."

주서천은 자리에서 일어났다.

혹시라도 중도만공의 잔해가 조금이라도 남은 건 아닐까 싶어 주변을 샅샅이 뒤졌다.

눈을 떼지 않고 아까부터 지켜보긴 했지만 그래도 혹시 모른다. 그만큼 중요한 일이었다.

주서천은 남아 버린 재를 한 주먹 쥐어 강물에 버렸다.

나머지는 땅에 흩뿌리거나 근처 소동물을 잡아서 억지로 입 안에 쑤셔 넣었다.

"그대는 약해질 필요가 있소, 암천회주."

이튿날, 날이 밝은 이후부터 주서천은 시간 날 때 중도만공의 수련을 시작했다. 어렵지는 않았다.

실제로 얼마 가지 않아서 대성했다.

바로 다음 수련을 시작했다.

"음……."

산에 오르기 전, 인근 마을에서 활과 화살을 구입했다. 사냥용이라 말해 뒀지만 실은 아니다.

오늘의 수련을 위해서였다.

"궁술 자체는 어렵지 않은데……."

주서천의 손에는 목궁(木弓)이 쥐어져 있었다. 시위에는 화살이 걸려 있다.

파앗!

화살이 매서운 소리를 내면서 시위에서 떠났다. 유성처럼 긴 궤적을 남긴 화살은 나무 정중앙에 표시해 둔 자리에 정확히 명중했다. 백발백중의 솜씨였다.

사실, 어디까지나 일반인의 기준이다. 무인이라면 기본적인 신체 능력이 있어 대부분 잘 쏜다.

"내기를 운용하는 게 의외로 까다롭군."

시위에 새로운 화살을 걸었다. 일월신궁의 구결을 외면서 내기를 주입하지만 조금 힘들었다.

전생에서도 평생 동안 다룬 적 한 번 없었다. 헤매는 것도 이상한 게 아니었다.

"수련, 또 수련뿐이지."

화살을 쏘고, 또 쏘았다. 지루할 정도로의 반복이었다. 가끔 동물을 상대로 수련했다.

그렇게 일월신공만 따로 수련했다.

"형님, 나한테는 열심히 무공 공부하라고 하면서 왜 형님은 헛짓거리하고 있어?"

궁술은 무공에 대해 잘 모르는 제갈승계도 천시할 정도로 취급이 좋지 않다.

"시끄러워."

주서천은 제갈승계의 의견을 묵살했다.

그렇게 한 달이 지났다.

* * *

안휘, 무림맹 본부.

"군사님."

업무를 보던 도중 호위 무사가 슬며시 다가와 서신을 건 넸다.

군사, 제갈중호는 서신을 읽었다.

"잉?"

그의 얼굴이 황당과 당혹감으로 가득 찼다.

"승계랑 화산의 주서천이 살아 있다고?"

그 둘의 이름을 모를 리 없다. 제갈세가는 아직까지도 수림구채에게 이를 갈고 있었다.

제갈승계는 세가 내에서도 푸대접받거나, 혹은 투명인간 취급이긴 하지만 그래도 제갈세가의 직계다.

직계를 습격해서 살해했다는 건, 곧 제갈세가에 대한 도전장. 그만큼 자존심이 상하는 일이었다.

게다가 은원 관계가 형성됐는데 가만히 있을 수도 없는 노릇. 수림구채와 전쟁까지 각오했다.

하지만 아무것도 하지 못하는 현실에 자존심을 구긴 채 어찌하지 못하고 그냥 둘 수밖에 없었다.

그렇게 난리가 있었는데 그 두 명의 생존 보고가 올라왔다. 황당하지 않으면 그게 더 이상하다.

"이거 확실한가?"

제갈중호가 눈을 가늘게 떴다.

"무한 지부장도 의심하여 재차 확인했다고 합니다."

"으음."

확실히 길보(吉報)이기는 길보다. 하지만 시기가 영 좋지 않았다.

"하필이면 이렇게 정신없을 때에……."

제갈승계에 대한 취급이 평소 어떤지 알 수 있는 발언이었다.

"비고로 데려갈 수도…… 없겠군."

비고 탐사가 시작된 지 한 달.

초기에 기관 등의 함정이 설치되어 있다는 건 확인했다. 하지만 그렇게까지 심각하게 여기지는 않았다. 군사인 제갈중호뿐만 아니라, 다른 무인들도 마찬가지였다.

일반인이라면 모를까, 무인들에게는 별거 아니다.

조금만 정신 차리면 피하거나 막을 수 있을 것이라 생각했다. 하지만 그 확신은 일주일이 지난 뒤, 사상자나 부상자가 속속히 출현하면서 바뀌었다.

기관이 문제가 되자 시선은 제갈세가로 모였다.

진법이나 기관 같은 것들은 제갈세가가 잘 알지 않는가. 그들이 해결해 줄 거라 기대하고 믿었다.

하지만 그것도 옛말이다. 확실히 진법이라면 잘 알고 있었지만, 기관은 전혀 아니었다.

제갈세가도 기관에 대해서는 제갈승계를 제외하고는 잘

모른다. 하지만 이미 그는 사실상 사망했다.

그래서 별수 없이 옛 문헌을 뒤지면서 어찌어찌 해결해 보려 했다. 하지만 역부족이었다.

그런 곤란한 때 제갈승계가 찾아와 줬다. 잘하면 비고 탐사에 제갈세가가 큰 공을 세울 수도 있었다.

하나, 보고에 의하면 그 날 배가 난파되고 장강에서 변두리의 절벽까지 떨어져 고생이란 고생은 다 하다가 겨우 살아남아 귀환했다는 사정을 듣게 됐다.

그런 사람, 그것도 고작 열 살밖에 되지 않은 아이를 데려와서 비고에 투입하면 비난을 피할 수 없다.

조금이라도 휴식을 취할 수 있는 시간이 있었다면 모를까, 그것도 아니어서 억지를 부릴 수도 없었다.

주서천의 예상대로였다.

마도이세나 사파라면 이해하지 못하겠지만 정파, 특히 오대세가 같은 경우 남의 평가를 중요시한다.

"이런 걸로 시간을 끌고 싶지는 않지만⋯⋯."

제갈중호는 고심한 끝에 자신의 선에서 해결할 수 없는 거라 판단하고 회의를 열었다.

그만큼 민감한 사항이었다.

"안 그래도 바쁜데⋯⋯."

"이해는 하지만, 그래도 때가 있잖소?"

무림맹 장로들 모두 비고 일로 정신이 없었다. 그렇다 보니 그들의 반응들도 시큰둥했다.

"적림십팔채와의 충돌이 신경 쓰이는 일 아닙니까. 독단을 내릴 수는 없었습니다."

"괜찮으니 군사가 알아서 해 주시오."

"나도 마찬가지요."

다들 바쁜 일이 있다면서 난색을 표했다. 심지어 사안만 듣고 참석하지 않겠다는 자도 있었다.

"다들 참 너무하군……."

누군가가 중얼거렸다.

"화산파의 그 사대제자가 살아 있어? 그 제갈세가의 직계 혈족도?"

"대단한데. 어떻게 살아 있었대?"

"절벽 같은 곳에 떨어져서 어찌어찌 살아남아 돌아왔다는 모양인데?"

"굉장하군!"

"아, 그리고 자네 그 소식 들었나? 비고의……."

그들의 생존 소식은 무림맹을 통해서 알려졌다.

불과 한 달 전에 소란을 일으켰던 사안이라 금세 퍼졌다. 하지만 그만큼 관심도 일찍 끝났다.

평소라면 충분히 화제가 될 만한 소식이었다. 하지만 지금 무림은 삼안신투의 비고로 떠들썩했다.

전설로 전해져 오는 도둑의 보물이니 당연했다.

확실히 놀라우며 또한, 그 생환에 축하해 줄 일이긴 했으나 누군가가 말했던 것처럼 시기가 안 좋았다.

호북, 무한.

"아, 거참. 사람들 너무하네."

제갈승계가 입을 삐쭉 내밀었다.

얼마 전에 무림맹 무한 지부를 찾아와 생환 소식을 알렸다. 다행히도 어릴 적에 한 번 방문한 적이 있어, 무한 지부장이 알아보고 크게 의심받지 않을 수 있었다.

이후 상부에 알려지면서 생환을 인정받았다. 강호 전체에도 알려졌다.

"섭섭해도 그냥 넘어가라."

주서천이 쓴웃음을 지었다.

"우리가 누군가를 구한 것도 아니고, 그렇다고 무언가 영웅적인 행위를 한 것도 아니잖아. 그래도 구파일방과 오대세가라는 소속 덕에 이렇게 언급이라도 된 거지, 그렇지 않으면 아무것도 없었을걸."

무림은 하루에도 수백 명 이상이 죽는다.

그중에서 소식이 알려지는 사람은 손에 꼽았다.

대다수가 알려지기는커녕, 신원 확인조차 제대로 되지 못하고 먼지가 되어서 사라진다.

"그리고 너는 특히 웬만하면 눈에 띄지 않는 게 좋을걸. 괜히 기관지술에 대해서 알고 있다는 것이 소문나면 무한 지부에 있어도 납치당할 테니까."

제갈승계가 사색이 됐다.

"그, 그렇지…… 나는 천재니까……."

평소 입버릇처럼 잘난 척하는 게 아니다. 사실을 말한 것뿐이었다.

삼안신투의 비고에는 정파와 사파 세력이 모여 있다.

그들은 서로 경쟁하듯이 비고를 이 잡듯이 뒤지고 있지만, 기관 탓에 차질이 생겨 지지부진하고 있다.

그런 상태에서 제갈승계에 대해서 알려진다면 어떻게 될지는 뻔했다.

"내가 항상 뭐라고 말했지?"

"안전을 확신하기 전까지는 숨겨라……."

"그래."

제갈승계는 세 살배기 때부터 기관지술에만 흥미를 보이고 공부해 왔다.

제갈세가 입장에선 그런 제갈승계가 어떠한 의미로 수치였고, 외부에 소문이 나지 않으려고 숨겨 왔다.

처음 수림구채의 사건 때도 제갈승계의 이름이 잠깐 나왔을 뿐, 대다수 사람들이 머릿속에서 잊었다.

주서천의 이름도 무림맹 수뇌부라든가, 혹은 화산파의 제자가 아니라면 잘 몰랐다.

구풍은 주서천의 도움이 있어 육대랑을 쓰러뜨릴 수 있었지만, 그 소문은 크게 알려지지 않았다.

열두 살밖에 되지 않은 아이가 구풍과 합계해 천하백대고수를 쓰러뜨린 건 허황된 이야기였으니까.

구풍의 활약만 부각됐고, 주서천의 활약을 제대로 파악하고 있는 건 어디까지나 화산파 내부와 제갈세가 정도였다.

어쨌든 상황이 이렇다 보니 수림구채와의 사건 자체는 주목을 받았으나 둘의 이름은 크게 알려지지는 않았다.

수림구채, 아니 적림십팔채에게 원한을 갖게 된 계기가 된 두 아이들이라는 인식 정도였다.

'암천회도 분명 삼안신투의 비고에 이목이 쏠렸을 터. 나나 승계에 대해서도 놓쳤을 거다.'

암천회는 앞으로 일어날 전란의 시대에 대부분 관련했지만, 삼안신투의 비고만큼은 아니었다.

비고 자체가 정말 우연의 산물이었다.

'이제 다음에 있을 일을 슬슬 준비해야 한다.'

기억을 더듬으면서 회귀 전의 역사를 떠올렸다.

본래의 역사에서 삼안신투의 비고가 발견된 건 열다섯 살. 그리고 열여섯 살 때 조사가 끝났다.

그로부터 이 년 뒤, 주서천이 열여덟 살이 되던 해에 결정적인 대사건이 발생하게 된다.

'칠검전쟁(七劍戰爭)!'

전란 시대의 시작이었다.

계기가 된 건 이백 년 전의 대마두이자 육대마공(六代魔功)을 연공한 흉마(凶魔)의 무덤의 발견이었다.

무덤의 발굴로 여러 세력이 모였는데, 구파일방에서 셋, 오대세가에서 둘, 그리고 마교와 사도천이었다.

삼안신투의 비고 때와 달리 무덤 발굴에서 다양한 충돌이 있었고, 점차 커져 결국 전쟁까지 발발한다.

칠검전쟁 자체는 일 년밖에 지속되지 않았으나, 이 사건이 발단이 되어 전란의 시대의 개막을 알렸다.

실제로 종전 이후, 평화를 채 맛보기도 전에 얼마 되지 않아 전쟁이 연달아 발발했다.

삼안신투의 비고와 다른 점이 또 있다면 이 흉마의 무덤 발견 자체가 암천회가 의도한 것이었다.

'어떻게든 막아 보고 싶지만…… 무리다.'

칠검전쟁을 저지하려면 흉마의 무덤 자체가 발견되지 않도록 손을 써야 한다. 하지만 암천회가 무덤을 주시하고 있어서 어떻게 해 볼 수가 없었다.

"이제는 어떤 일이 벌어질지도 모르겠군."

원래라면 열다섯 살에 발견될 비고가 삼 년 먼저 모습을 드러냈다.

그 외도 예정에 없었던 일은 많았다.

대표적으로 유정목의 강호 출도로 인해 끼친 영향과 개양 전투의 대승리. 그리고 수림구채와의 악연이다.

"수림구채가 왜 습격한지는 대충 알겠지만……."

적림십팔채는 대다수 바보지만, 그 윗대가리는 아니다. 살아남기 위해서 나름 지략을 펼치기도 한다.

특히 의외로 생각이 깊은 육대랑 같은 자가 이유 없이 배를 습격할 리가 없다.

조금만 생각해 보면 옹안 전투의 패배로 인해 앙심을 품은 사도천을 떠올릴 수 있었다.

"변수가 많아졌다. 하지만 예상을 못 한 건 아니야. 그러니 그걸 보완할 만큼의 인재를 구비한다."

미래가 변하지 않을 거라고 생각했다면 그거야말로 머저리다. 전생과 다른 행동을 했으니 당연했다.

그래도 상왕과 만각이천을 자기 사람으로 얻었다.

애초에 이 두 사람은 전생에서도 특이점이었다. 그것만으로도 든든했다.

"여기에서 안주해선 안 돼."

하지만 그렇다고 불안이 전부 해소된 건 아니다.

아직 자신의 편으로 만들어야 할 사람들이 있다.

화산으로 돌아가면 당분간 나오는 건 힘들겠지만, 영원히는 아니다. 다시 사람들을 구하러 다녀야 했다.

'반드시 저지해서 살아남는다.'

며칠 후.

선선한 바람이 불었다. 불쾌했던 사람도 기분 좋게 만드는 바람이었다. 덥지도 춥지도 않은 바람이었다.

주서천은 뒷짐을 쥐고 정원 근처를 돌아다니면서 원래의 역사에 대해 떠올렸다.

"뭘 그리 사색에 빠져 있느냐?"

그때였다. 뒤쪽에서 누군가의 목소리가 들렸다.

"……어?"

목소리를 듣자마자 상념이 깨졌다.

주서천은 순간 두 귀를 의심했다.

"환청……?"

"아무리 오랜만이라고 해도 스승의 목소리를 환청 취급하다니, 너무하구나."

휙!

주서천이 몸을 황급히 돌렸다.

"사, 사부님!"

주서천이 당혹스러운 목소리를 냈다. 지진이라도 일어난 듯 떨리는 동공에 익숙한 사람이 보였다.

유려한 눈매에 입가에 절로 편안해지는 미소를 짓고 있는 사람. 스승인 유정목이었다.

"오냐."

유정목이 두 팔을 살짝 벌리곤 슬며시 웃었다.

이에 주서천은 자신의 원래 나이도 잊은 채 달려 나가 유정목의 품에 안겼다.

"어째서 사부님께서 여기에……."

주서천은 기뻐하면서 당황한 감정을 숨기지 못했다.

"음, 이상하구나. 분명 본산에서 널 데리러 간다고 무한 지부장에게 전달했다고 했는데……."

유정목이 이상한 듯 고개를 갸웃거렸다.

"아, 그건 들었습니다. 하지만 저는 다른 사람이 올 줄 알고……."

"다른 누구도 아닌 내 제자이거늘, 나 말고 누가 데리러 가겠느냐?"

유정목이 미소 지으며 주서천의 머리를 쓰다듬었다.

"사부님……."

第十一章
제자생환(弟子生還)

　생환이 소문나기도 전, 화산파와 제갈세가는 제갈중호에게 앞서 연락을 받아 알고 있었다.

　생존 소식이 화산파에 알려지자마자, 유정목은 기다렸다는 듯이 나서서 데리러 가겠다고 말했다.

　화산파에선 그런 유정목을 막을 수 없었다.

　안전이 걱정되어 다른 제자들과 함께 가라고 제안했으나, 유정목은 마음만으로 충분하다고 거절했다.

　같은 초절정 고수가 아닌 이상, 경공을 펼치면 다들 따라오지 못하니 방해가 된다.

　유정목은 그렇게 밤낮을 달려 무한에 도착했다.

다행히 무한은 섬서에서 인근이다. 그렇게까지 오래 걸리지는 않았다.

"정말로 걱정 많이 했단다."

유정목이 주서천을 머리를 매만지면서 한숨을 푹 내쉬었다. 지금까지의 걱정을 내뱉는 듯했다.

"죄송합니다……."

실종되기 전, 최대한 걱정을 끼치지 않으려고 살아 있다고 서신을 보냈었다. 당연한 이야기지만, 그런 걸로 걱정이 다 해소될 리가 없었다.

"알면 됐다, 요 말썽꾸러기 녀석."

유정목은 주서천을 혼내듯이 머리를 꾹꾹 눌렀다.

'많이 속상하셨구나.'

유정목은 전생과 현생을 포함하여 제자가 어떠한 잘못을 해도 화를 내거나 때리지 않았다.

정말로 큰 잘못을 저질렀거나 혹은 유정목을 속상하게 했을 때는 이렇게 머리를 꾹꾹 누르곤 했다.

그런데 이것도 그다지 힘이 들어가지 않아 조금 눌린다는 느낌만 있을 정도의 수준이다.

주서천은 이 상황을 예견하고 있었지만 그래도 이렇게 직접 닥치니 무척이나 죄송한 마음이 들었다.

유정목이 화산파에서 자신을 걱정하며 마음 졸였을 걸

떠올리니 가슴속 어딘가에서 울컥했다.

"훌쩍."

누군가의 울음소리가 흘러나왔다.

유정목도, 주서천도 아니었다.

멀리 떨어져서 그 둘을 지켜보던 제갈승계였다.

"형님…… 끅!"

제갈승계가 소매로 눈 주변을 닦았다.

"음?"

유정목이 고개를 갸웃거렸다.

"아니, 넌 또 왜 울어?"

주서천이 제갈승계를 보고 어이없어했다.

"나에게는 스승이 따로 없어서 잘 모르지만…… 그래도 사제가 어떠한 것인지는 알 것 같아! 으흐흑!"

제갈승계가 감격인 듯이 눈물을 흘렸다.

아무리 잘난 척해도 역시 아이는 아이다.

죽은 줄 알았던 제자!

그리고 그 제자를 만나러 온 스승!

"저 아이는……?"

유정목이 의아해하면서 물었다.

"흑흑, 소개가 늦었습…… 끄흑…… 니다. 형님의 의형 제가 된 제갈세가의 제갈승계라 합니다. 훌쩍."

제갈승계가 눈물을 멈추지 않으며 자기를 소개했다.

"아아, 네가 그⋯⋯."

유정목이 고개를 주억거리면서 아는 척을 했다.

"만나서 반갑다. 화산의 소유검 유정목이라 한단다. 너도 아직 세가 내에서 뛰어놀아야 할 나이인데, 정말 고생 많았다."

유정목은 무릎을 굽혀 쪼그려 앉아 제갈승계와 눈을 마주치면서 부드럽게 미소 지었다.

"아, 아닙니다. 저도 무가(武家)의 자식 아닙니까. 괜찮습니다."

제갈승계가 눈물을 뚝 그쳤다.

'역시 사부님이셔. 대단하다.'

미소에도 경지가 있다면 유정목은 천하제일이다.

비록 의도된 유혹은 아니지만, 화를 내던 사람도 저 미소를 보면 남녀노소 할 것 없이 언성을 낮추고 열기를 가라앉혔다. 방금 전에 눈물을 짜내고 있던 제갈승계도 저 미소를 보고는 금방 마음을 가라앉혔다.

"허어, 아직 어린데도 참으로 대견하구나. 내 제자가 강호에 나가 정말로 소중한 연을 만들었어."

유정목이 제갈승계의 머리를 부드럽게 쓰다듬었다.

그 손길에 실린 감정은 결코 거짓이 아니었다.

"……훌쩍!"

제갈승계가 코를 훌쩍였다.

괜스레 눈시울이 붉어졌다.

'……'

주서천은 그 모습을 지켜보면서 안타까운 심경을 감추지 못했다.

'혈연을 중시하는 오대세가이거늘, 정작 세가 내에서 가족애라는 걸 알지 못하다니…… 기구한 삶이다.'

그동안 제갈승계와 지내면서 그에 대해서도 알게 됐다.

제갈세가의 가주 제갈운(諸葛澐)에게는 정실 외에 한 명의 첩이 있었는데, 그 첩의 자식이 바로 제갈승계였다. 가주의 아들이었으나 첩의 자식이었기에 알게 모르게 세가에서도 외면을 받은 제갈승계는 그렇게 평생을 이용만 당하며 살다가 죽었다.

그게 만각이천의 삶이었다.

'넌…… 아니, 당신은 당신이 생각하는 것보다 더 대단한 사람이오. 만각이천, 제갈승계.'

자신처럼 운이 좋아 기회를 얻은 사람과는 달랐다.

'부모를 기억하지도 못하고, 가족애라는 것도 모르고, 세가에선 손가락질을 받았지. 하지만 그런데도 당신은 당신이 좋아하는 것을 놓지 않았소.'

기관지술이 인정받게 되는 건 머나먼 미래다.

그것도 사후의 일이다.

그 전까지는 정파건 사파건, 심지어 무림인이 아닌 자들도 기관지술이 별것 아니라고 천시했다.

세상 사람들이 손가락질했다. 가족이라 할 수 있는 일가 친척이 당장 그만두라면서 멸시했다.

하지만 그는 멈추지 않았다. 포기하지 않았다.

주서천은 언젠가 그에게 물은 적이 있었다.

"힘들지 않아?"

"힘들지."

"그런데 왜 하는데?"

"재미있으니까!"

"그것뿐이야?"

"응!"

제갈승계의 그 환한 웃음을 아직도 잊지 못한다.

*　　　*　　　*

길면 길었던 여행도 끝났다.

주서천은 유정목과 함께 화산으로 떠난다.

"그럼 다음에 또 보자."

"다음에 또 보자고, 형님."

제갈승계는 세가에서 따로 사람을 보낸다고 해서 무한에 남았다. 나중을 기약하며 이별했다.

"그동안 무슨 일이 있었느냐?"

유정목이 무한을 떠나고 얼마 지나지 않아 물었다.

'왔구나.'

주서천이 속으로 쓴웃음을 흘렸다.

예상했다면 예상한 질문이었다. 하지만 이 질문에 어떻게 대답할지에 대한 고민은 상당히 오래됐다.

진실을 말하느냐, 말하지 않느냐.

"일단 알려진 것과 비슷하긴 합니다."

"하하. 알려진 것이라니, 역시 뭔가 더 있었구나."

유정목은 무릎을 탁 치면서 웃었다.

"알고 계셨습니까?"

주서천이 진심으로 놀라워했다.

"서신에 그렇게 써 두었으니 누구나 속사정이 더 있을 거라고 생각할 게다. 그나저나 정말로 어떤 일이 있었느냐?"

"그게⋯⋯."

주서천은 말을 꺼내기 전 다시 한 번 주변을 슥 둘러보며 아무도 없는 걸 확인했다.

다행히 근처에서 인기척이 느껴지지는 않았다.

"아무도 없는 걸 확인하고 물은 말이니 괜찮단다."

"과연 사부님이십니다."

주서천은 고개를 주억거리곤 사정 설명을 했다.

"허, 삼안신투의 비고의 최초 발견자가 너라고?"

세상에!

유정목이 경악을 금치 못했다.

뭔가 범상치 않은 사정이 있을 거라고는 생각했지만, 설마하니 이 정도일 줄은 상상도 못 했다.

"예."

주서천은 '미래에 대해 알고 있었다.'라는 부분을 제외하곤 적당히 둘러 말했다.

"그러니까, 장강에서 살아남은 너희는 길을 따라서 어찌어찌 가다 보니 비고에 도착하였다는 게냐?"

"예, 그렇습니다."

"흠, 그렇다면 절벽에 떨어져 고립되었다는 건 거짓이었구나."

"예. 비고의 발견자가 저희라는 것이 알려지면 노려질 것 같아서였습니다. 심려를 끼쳐서 죄송합니다, 사부님."

"아니다, 잘했다. 올바른 판단을 했구나."

유정목이 주서천을 칭찬했다.

'으윽.'

거짓말은 하지 않았다. 거짓말은.

하지만 그래도 양심이 찔리는 건 별개였다.

"마침 의형제가 된 승계가 기관지술에 일가견이 있어 탐사하게 됐습니다. 이를 위해 인근 마을에서 사부님께 전서구를 보냈고, 구풍 사백과 함께할 당시에 만났던 상인에게 여러 가지 도움을 받아 얼마 전까지 노출되지 않을 수 있었습니다."

가만히 생각하면 정말로 거짓말은 아니다. 실제로 이의채와 처음 만났던 건 구풍과 함께했을 때다.

그 덕분인지 말을 더듬는 등의 일은 없었다.

"으음."

유정목이 침음을 흘렸다.

"왜 그러십니까, 사부님?"

주서천이 살짝 불안한 얼굴로 물었다.

"네가 재욕에 눈이 멀까 봐 조금 걱정되는구나."

그 걱정 어린 말에 속으로 안심할 수 있었다.

만약 유정목이 의심하여 계속해서 추궁했다면 어쩌나 싶었다.

"과한 재욕은 파멸을 부른다는 화산파의 가르침은 저도 잘 알고 있습니다. 걱정하지 않으셔도 됩니다."

"그럼 비고에서 얻은 건 어떻게 하였느냐?"

"몇 가지를 제외하곤 그 상인에게 부탁하여 배고픈 자들에게 베풀어 달라고 했습니다."

"장하구나. 한데, 몇 가지라 하면……?"

"말 나온 김에 꺼내도록 하지요."

주서천이 의기양양하게 웃으면서 목함을 꺼냈다.

"소환단입니다."

"뭣이……?"

유정목의 눈이 찢어질 듯이 커졌다.

"화산파에 돌아가기 전에 복용하십시오. 두 개 정도는 충분히 복용할 수 있을 겁니다."

삼안신투를 쓰러뜨리고 얻은 소환단의 숫자가 무려 열이다. 그중 네 알은 주서천과 제갈승계가 복용했다.

남은 여섯 중 넷은 이의채에게 맡겼다.

원래라면 남은 소환단 전부 유정목에게 주고 싶었으나, 자고로 과유불급(過猶不及)이라 하였다.

아무리 초절정 고수라 할지라도 세 개나 되는 소환단의 기운을 전부 흡수하려면 제법 오래 걸린다.

그리고 단시간 내에 영약을 과다 복용해 어떤 부작용이 일어날지도 몰라 일부러 두 개만 챙겼다.

"호법은 제가 서도록 하겠……."

"서천아."

유정목이 무언가 결심한 듯 주서천을 불렀다.

"예, 사부님."

"이건 나나 네 것이 아니다. 하물며 화산파의 것도 아니다."

유정목이 엄한 눈초리로 주서천을 마주 봤다.

'설마……'

불안감이 등줄기를 훑고 지나갔다.

"삼안신투의 비고에서 얻은 것이라면 이 소환단은 분명 소림사에서 훔친 것일 테지. 금은보화들은 주인을 찾을 수 없으니 그렇다 쳐도 이 소환단은 본래의 주인에게 돌려줘야 하는 게 도리다."

"사, 사부님!"

주서천이 아차 하는 표정을 지었다.

"어허."

유정목은 평소답지 않게 엄한 표정을 지었다. 그러곤 어쩔 줄 몰라 하는 주서천의 진맥을 짚어 확인했다.

"허어, 일 갑자가 넘다니!"

유정목의 얼굴이 경악으로 번졌다.

재차 확인해 봐도 믿을 수 없는 내공이었다.

열두 살에 일 갑자!

"내 예상은 했으나…… 하아."

유정목이 한숨을 푹 내쉬었다.

"도대체 얼마나 복용했느냐?"

"두 알입니다."

주서천이 이실직고했다.

"이게 전부더냐?"

이번에는 그냥 넘어갈 생각이 없어 보였다.

"절 도와준 상인에게 네 알이 있습니다만……."

"마음 같아선 귀주로 되돌아가 그것까지 회수해 소림사로 가고 싶지만, 그럴 여유는 없구나."

유정목이 머리를 짚었다.

그가 혼자 제자를 데리러 갔으나, 그렇다고 이 사안이 중요하지 않은 건 아니었다. 연화각원은 그만큼 각별하다. 괜히 화산파가 수림구채와 싸움을 각오한 것이 아니었다.

화산파의 명예이기도 하고, 연화각원을 잃게 되면 그만큼 오랫동안 이어진 전통을 해쳐 자존심이 상한다.

다른 정파는 삼안신투의 비고에 혈안이 되어 있었으나, 화산파는 주서천에 대해서도 상당히 신경 썼다.

"실제로 이틀 정도 떨어진 마을에서 사형제들이 기다리고 있어서, 그들과 하루빨리 합류해야 한단다."

영약을 복용해 흡수할 시간도 없었다.

'으윽, 내 실수다!'

뼈저리게 아픈 실수에 통탄을 금치 못했다.

유정목의 성격을 미처 생각하지 못했다.

삼백 년 전의 도둑이 숨겨 두었던 영약을 얻어 온 것이라서 유정목이라면 그냥 복용할 거라 생각했다.

하지만 스승은 생각 이상으로 올곧은 성품의 소유자였다.

"네가 날 생각해 주는 건 고맙지만, 강호에는 도리가 있는 법이지. 특히 소환단처럼 출처가 명확한 것은 함부로 써서는 아니 되는 것이다. 알겠느냐?"

"알겠습니다, 사부님."

그냥 모른 척 복용하면 아무도 모르는데!

속말이 입 안까지 치솟았지만 도로 집어삼켰다.

"역시 내 제자다."

유정목이 자랑스러워했다.

'소환단……'

주서천의 마음은 타들어 가기만 했다.

*　　　*　　　*

참고로 반야심경에 대해선 아직 비밀이다. 소환단을 밝힌 것이 워낙 컸던지 다른 건 묻지 않았다.

사제(師弟)는 이틀 뒤, 유정목보다 조금 늦게 출발했던 화산의 제자 다섯 명과 만났다.

주서천과 면식 있는 사람들은 없었다.

"기다리느라 고생 많았다."

"아닙니다, 사형."

유정목보다 배분이 위인 사람은 없었다.

"내 무한에서 전서구를 날리긴 했지만, 그래도 보고가 중요하니 합류하여 출발한다고 화산에 보고하여라."

"알겠습니다, 사형."

일행은 전서구를 날리고 마을을 떠났다.

목적지는 두말할 것도 없이 섬서의 화산이었다.

호북, 운현.

북서 끝자락에 있는 어촌(漁村)이다. 바닷가에 있는 건 아니지만, 바로 근처에 나름대로 큰 강이 있었다.

이 강에서 물고기를 잡아 어업으로 생계를 꾸려 갔다. 규모도 그럭저럭 있는 곳이었다.

"다들 여기까지 오느라 고생했다. 그동안 꾸준히 달려왔으니 삼 일 정도 쉬도록 하자구나."

유정목이 여장을 풀면서 말했다.

"예, 사형!"

화산의 제자들이 반색하면서 대답했다. 다들 말만 안 했지 슬슬 지쳐 가는지라 휴식에 목말라 있었다.

　일행은 적당한 객잔을 잡았다.

　짐을 풀고 식사를 끝냈다.

　"난 올라가서 쉬고 있으마."

　식사가 끝나고 유정목은 방으로 돌아갔다.

　유정목이 올라가자마자 사형제들이 기다렸다는 듯이 주서천에게 몰려들었다.

　그 기세가 대단하여 주서천도 살짝 당황했다.

　"휴, 드디어 눈치 보지 않고 물을 수 있겠군."

　"이봐, 주 사제. 괜찮다면 수림구채와 있었던 일을 이야기해 줄 수 있겠어?"

　강호 무림 전체에서는 어떨지 몰라도 화산파 내부에서 주서천은 나름대로 유명했고, 관심도 많았다.

　두말할 것도 없이 도수창병 때의 활약 탓이었다.

　"아, 예. 전 또 뭐라고…… 괜찮습니다."

　주서천이 떨떠름한 얼굴로 고개를 주억거렸다.

　"아니야. 주 사제가 말하기 싫다면 하지 않아도 좋아. 억지로 나쁜 기억을 떠올리게 하고는 싶지 않고."

　"그래."

　사형제들이 배려해 주려는 듯했다.

'개뿔.'

그런데 눈을 보니 영 아니다. 호기심으로 번쩍거리는 게 얼른 말하라고 부추기고 있었다.

'사부님 눈치가 보여서 입을 닫고 있었구나.'

화산파와 제갈세가가 협력해 찾아봤지만 시체도 건지지 못했다. 말만 행방불명이지 죽은 게 확실했다.

하나밖에 없는 제자가 겨우 열두 살에 죽었다. 보통이라면 미쳐도 이상하지 않다.

이렇게 멀쩡히 살아 돌아오긴 했지만, 그런 일이 있었는데 궁금하다는 이유만으로 물어볼 수는 없었다.

아직 아이이기에 끔찍한 기억이 될 수도 있었고, 그걸 떠올리게 하고 싶지 않은 게 스승의 마음이다. 그들도 그걸 모르는 게 아니었다. 그래서 이렇게 나름 배려는 해 줬다.

다만 그 배려심은 보다 큰 호기심에 묻혔다.

"아닙니다, 괜찮습니다."

"오오!"

주서천이 아무렇지 않은 표정을 짓자 사형제들이 대놓고 좋아했다. 알기 쉬운 사람들이었다.

"주모, 여기 아무거나 좋으니 술과 안주 좀 맞춰서 내주시오!"

화산파건 무당파건 도가 문파의 규율에 금주(禁酒)는 없다. 다만 과주(過酒)는 자제하라는 편이었다.

하지만 아무리 그래도 본산에 있을 때는 여기저기 눈치도 보이고 실수할 것 같아서 잘 마시지 않는다. 그래서 보통은 강호에 나오면 이렇게 술을 즐기는 편이었다.

"그러니까……."

주서천은 기억을 더듬으면서 중선에 탑승할 때부터 이야기해 줬다.

"흠, 그랬구나. 확실히 들은 대로야."

사형제들은 주서천의 이야기에 집중했다.

아주 모르는 이야기는 아니었다. 작은 문제가 아니다 보니 이때의 일은 화산파에서도 잘 알려져 있었다.

"그래도 장본인에게 직접 듣는 것과는 역시 달라."

"크으!"

술이 절로 넘어갔다.

"그런데, 사제. 내 듣기론 사제가 도수창병과 몇 합을 겨루었다는데 그게 진짜야?"

열두 살에 천하백대고수와 몇 합을 나누었다는 건 믿기 힘들었다. 그런데 증인이 한두 명이 아니었다.

"당시 도수창병은 구풍 사백 덕에 지쳐 있어서 제힘을 발휘하지 못했습니다. 또 그 도중에 구풍 사백의 십사수매화검법을 막느라 저에게는 아무렇게 휘두르는 게 고작이었죠. 그걸 쳐 내거나 피한 게 다입니다."

이미 많이 늦은 것 같지만, 그래도 웬만하면 평이 절하되는 것이 좋았다. 암천회가 신경 쓰인다.

"역시 그랬군."

"맞아. 생각해 보면 말이 안 돼."

아무리 수적이라지만 천하백대고수다. 그 반열에 오를 수 있는 건 아무나가 아니다. 그런 고수가 봐주지 않는 이상 몇 합을 나누었다는 것은 상식적으로 불가능했다.

"구풍 사백이 네 덕에 이겼다는데, 그건 뭐야?"

"그거야 당연히 제가 근처에서 신경을 분산시켜서 그런 거죠. 원래 최고수들끼리의 싸움은 신경이 다른 곳으로 조금이라도 쏠리면 승패가 결정 나지 않습니까."

주서천의 혀가 기름을 바른 것처럼 미끄러졌다. 표정 하나 변하지 않고 거짓말이 술술 나왔다.

"그래도 선상 위에 있던 수적들을 순식간에 해치웠다고 들었다."

"수적들의 무공이 형편없는 건 알지만, 그래도 대단하긴 대단해."

사형제들도 그제야 수긍이 간다는 얼굴이었다.

사실, 구풍이나 장홍과 장서 등에게 사정 설명을 듣긴 했지만 역시나 그대로 믿기에는 힘들었다.

그래서 반신반의하고 있었는데, 장본인에게 자세한 걸 들으니 그동안 품은 의문이 속 시원히 해소됐다.

"일단 장홍이나 장서은보다 무공은 높다는 거잖아?"

"솔직히 그동안 널 운만 좋은 놈이라고 무시했었는데, 내 이 자리에서 그에 대해선 사과하마."

"자, 네 스승님 눈치가 보여 많이는 못 주지만 한 잔 정도는 주마. 미래의 매화검수."

활약을 최대한 낮추고 숨겼지만, 그렇다고 내화외빈 시절처럼 평가 절하되는 건 결코 아니었다.

주서천의 나이를 생각해 보면 도수창병 때의 행동은 인정받고 충분히 칭찬받을 일이었다.

"감사히 받겠습니……."

콰앙!

술잔에 술이 다 차기도 전, 객잔 문이 거칠게 열렸다. 손님들을 포함해 모두의 시선이 문으로 향했다.

"누, 누가 좀 도, 도와주세요!"

옷차림이 엉망이 된 여성이었다. 온몸이 흙투성이였다.

"무슨 일이오?"

객잔 주인이 물었다.

"그게, 개울가에서 빨래를 하던 도중이었는데 웬 무림인들이 와서는 행패를 부리고 있어요!"

"무림인?"

주서천이 제일 먼저 반응했다.

"미친 건가?"

술병을 기울이려던 화산의 삼대제자, 을지호가 도저히 이해가 안 간다는 얼굴로 어이없어했다.

호북의 치안은 상당히 높다. 남존이라 칭해지는 무당파와 더불어 정파의 두뇌인 제갈세가가 있어서다.

아무리 운현이 변방에 있다고 해도 그 세력권에 닿지 않는 것은 아니다. 마두건 사파인이건 간에 웬만해선 호북에 오지 않으려고 하고 어쩔 수 없이 와도 숨어 지내기 바빴다.

"혹시 그들이 수련하고 있는 걸 훔쳐 본 건 아니오? 그러면 그들이 화낼 수도 있소."

무슨 오해나 실수가 있는 건 아닌가 싶었다.

"아니에요!"

여성이 답답하다는 듯이 가슴을 두들겼다.

"운현, 아니 호북에서 행패를 부려?"

다른 손님들도 술렁였다. 그런데 그들도 의아해하는 눈치였다.

"누군지는 몰라도 미친 거 아니야?"

운현은 무당산과도 인접해 있다. 그만큼 치안이 높았다. 실제로 무림인이 날뛴 적은 손에 꼽았다.

게다가 설사 날뛴다고 해도 후환이 문제다. 어디 소속이건 간에 무당파의 영역에서 날뛴 게 된다.

"침착하시고 무슨 일이 있었는지 말해 보십시오."

계단에서 누군가가 내려왔다. 유정목이었다.

"화산의 제자로서 불의를 보고도 모른 척할 수는 없지요. 말씀해 주십시오."

유정목이 여성을 쳐다봤다.

"그게……."

여성은 마을의 아낙네들과 평소처럼 빨래를 하려고 개울가에 나갔다. 한데 얼마 지나지 않아 외부인으로 보이는 남정네들이 찾아오더니 희롱하기 시작했다. 그래서 불안을 느낀 여성들은 빨래를 챙겨 도망치려 했지만, 가지 못하도록 막고 행패를 부렸다.

"몇 명 정도 됩니까?"

"자, 잘 모르겠어요. 얼추 이십은 되는 것 같았는데……아이 참, 이럴 시간이 없다니까요!"

여성이 발을 동동 구르면서 소리쳤다.

"알겠습니다. 저희가 확인해 보도록 하겠습니다. 안내해 주실 수 있겠습니까?"

"네, 저를 따라오세요!"

여성이 문 바깥으로 나갔다.

"사형."

을지호의 눈이 가늘어졌다. 의심 가득한 눈초리였다.

"보아하니 함정이로구나."

유정목이 쓴웃음을 지었다.

수상쩍어도 너무 수상했다.

"동공은 물고기가 헤엄치는 것 같고, 시선은 똑바로 마주치지 못합니다. 무엇보다 정말 무림인들이었다면 설사 삼류들이라 할지라도 평범한 아낙네를 놓쳤을 리 없습니다."

을지호가 확신했다.

"더불어 고민도 하지 않고 기다렸다는 듯이 안내해 주겠다는 게 수상쩍구나."

"따라가실 겁니까?"

"아까도 말했듯이 불의를 그냥 지나칠 수는 없지 않느냐. 어쩌면 저 여성은 협박을 당해 저러는 것일 수도 있다."

"알겠습니다."

을지호가 자리에서 일어나자 다른 사형제들도 따랐다. 주기(酒氣)는 일찍이 내공으로 태워 없앴다.

*　　　*　　　*

여성을 뒤따라갔다. 도중에 달리다가 넘어져서 그냥 업

고 갔다. 길의 안내만 받았다.

"아까 개울은 지나친 것 같소만."

"그, 그게…… 근처에 있는 개울은 오늘 동물의 시체가 떠내려와 물이 더러워졌어요. 그래서……."

서툰 거짓말이었다.

"알겠습니다."

하지만 그 누구도 지적하지 않았다. 어차피 그녀를 따라가는 것 자체가 함정이라는 걸 알고 있었다.

안내받은 곳은 마을에서 좀 떨어지고 인적이 드문 산이었다. 흔한 약초꾼 한 명 보이지 않았다.

"하하하!"

비교적 평평한 땅 부근에 도착하자 수풀 너머에서 웃음소리가 들려왔다. 불쾌한 목소리였다.

"흠. 나타났나."

스르릉.

일행이 기다렸다는 듯이 검을 뽑아 들었다.

"기다리느라 지쳤다."

수풀이 갈라지면서 험악한 분위기를 풍기는 사내들이 나타났다. 그 숫자가 이십이었다.

다만 무리에 어울리지 않은 예닐곱 살 정도의 남아가 섞여 있었다. 밧줄로 포박된 채였다.

"아가!"

여성이 비명에 가깝게 소리쳤다. 당장이라도 눈물을 쏟아 낼 것 같았다.

"과연, 그렇게 된 건가."

유정목이 입가에 맺힌 미소를 지웠다. 그 대신 차가운 분노가 감돌았다.

"사정은 대충 알겠소. 뒤에 숨어 계시오."

"흐윽…… 죄송해요. 어쩔 수 없었어요……."

여성이 결국 참지 못하고 흐느껴 울었다.

'설마 나에 대해 눈치채고 온 건 아니겠지?'

주서천은 불안을 느꼈다.

"소유검, 유정목!"

그 불안은 오래가지 않았다.

"내 네놈을 만나러 친히 호북까지 왔다!"

'내가 아니라 사부님?'

第十二章
화산귀행(華山歸行)

"설마하니 날 잊은 건 아니겠지?"

불쾌한 웃음소리의 주인이 물었다. 팔이 유난히도 길었다.

"오엽……."

유정목이 중얼거렸다.

"장완저(長腕狙)!"

을지호가 그 이름에 곧바로 반응했다.

"장완저나 되는 무인이 어째서 이곳에!"

을지호는 약간의 여유까지 전부 버리고 자세를 바꿨다. 그동안 없었던 긴장감이 묻어났다.

장완저, 오엽!

별호 자체는 별거 아니었다. 팔이 길고 원숭이를 닮은 특징을 지녀서 붙었다.

하지만 결코 우습게 보거나 비웃으려는 의도는 아니었다.

원숭이를 닮은 건 그렇다 쳐도, 무인에게 팔이 길다는 것은 남들이 다 부러워할 만한 점이었다.

팔이 길면 그만큼 손이나 무기를 펼칠 때 미치는 범위도 넓다. 무인에게 있어서는 축복이었다.

"사도천의 초절정 고수가 어째서……."

을지호가 검 끝으로 오엽을 겨눴다.

'초절정 고수?'

주서천이 눈썹을 구부렸다.

'누구지?'

주서천도 전부를 기억하는 건 아니었다. 주변인들이거나 혹은 유명인들 정도다.

"흥, 이곳에 왜 왔냐고?"

오엽이 코웃음을 치면서 상의를 들췄다.

"비만 오면, 아니 아침에 일어날 때마다 네놈에게 당한 상처가 욱씬거리는데 어떻게 갈 수 있겠느냐?"

상의를 들추자 잘 단련된 복근에 사선으로 길게 새겨진 검상(劍傷)이 보였다.

"복수할 수 있는 천재일우의 기회인데 그걸 미쳤다고 스스로 걷어차겠나? 카악, 퉤!"

오엽이 바닥에 침을 뱉고 검을 쥔 손에 힘을 줬다.

"사부님, 어떻게 된 일입니까?"

주서천이 물었다.

"얼마 전 강호에 나와 있을 때의 일이다. 무림맹에서 임무를 수행하는 도중 만나 그와 싸운 적이 있단다. 다만 그때 내 어리석게도 마무리를 어설프게 했구나."

유정목이 후회 가득한 눈초리로 오엽과 마주 봤다.

"마무리를 어설프게 해? 헛소리!"

오엽이 발끈했다.

"그때는 내가 그 머저리 같은 웃음에 속아 잠시 방심했을 뿐이다!"

'또 예상하지 못한 일인가.'

유정목이 원래라면 나가지 않았을 강호에 출도하게 되면서 오엽과 은원 관계를 만들게 됐다. 그것도 나름 사도천에서 어느 정도의 지위가 있는 초절정 고수다.

기억 못 하는 걸 보면 그래도 미래에 그렇게까지 큰 영향을 끼치는 건 아닌 듯했다.

"그 재수 없는 낯짝을 뭉개 주마!"

오엽이 유정목에게 달려들었다.

"사형!"

을지호가 끼어들어 막으려 했다.

"유정목 외에는 관심 없다!"

파바밧!

오엽이 데리고 온 사도천의 무사들이 일제히 몸을 날렸다. 몸놀림을 보니 적어도 삼류는 아니었다.

숫자는 이십. 이류에서 일류 정도였다. 절정 고수는 없는 것 같았으나 역시 숫자가 제법 많았다.

"죽어랏!"

화산파의 제자들과 사도천의 무사들이 격돌했다.

격돌 후 일각 정도가 지났다.

주서천을 포함해 여섯 명이었던 화산파의 제자들은 전부 뿔뿔이 흩어지게 됐다.

전투가 시작되자마자 이십 명이 세 명씩 짝지어서 밀어붙여 왔다. 모이려고 해도 사도천의 무사들이 그 틈을 주지 않고 공격을 폭풍처럼 쏟아 냈다.

"사도천, 이 비겁한 놈들!"

을지호가 짜증을 냈다. 제일 고수인 그에게는 두 명이 더 붙어 다섯 명이었다.

"서천이는 어디에 있느냐!"

화산파에서 자신들에게 하달된 명령은 주서천의 무사 귀

환이었다. 그의 안전이 최우선이다.

"전 여기에 있으니 걱정하지 마십시오!"

수풀 너머에서 주서천의 목소리가 들려왔다.

"조금만 버티고 있어라! 내 금방 가마!"

"괜찮습니다! 천천히 오십시오! 전 안전합니다!"

주서천은 수풀 너머로 외쳤다. 산책이라도 나온 듯 여유 가득한 표정이었다.

"미친놈!"

한편, 그를 쫓은 사도천의 무사들은 황당해했다.

"수적 몇 놈 베었다고 의기양양한 것 같은데, 정말로 어이가 없구나!"

중앙의 무사가 주서천을 조롱했다.

"네가 연화각원이라 할지라도 아직 성년도 되지 않은 꼬마이지 않느냐. 흐흐, 그 잘난 콧대부터 잘라 주마."

오른쪽의 무사가 칼을 한 바퀴 돌려 잡았다.

"이렇게 상황 파악을 제대로 하지 못하니, 무공은 몰라도 머리는 모자란 놈이로군!"

왼쪽의 무사가 비웃었다.

"과연, 진법(陳法)을 저지하려고 병력을 분산하고 초장부터 정신없이 몰아쳐서 흩어지게 만든 건가."

주서천이 고개를 주억거리면서 검을 고쳐 잡았다.

"전법이 나쁘지는 않은데, 상대가 영 안 좋았다."

"슬슬 듣기 힘들어지는군!"

무사들이 입가에 맺힌 조소도 지웠다. 그 대신 살기가 질척하게 흘러나왔다.

"사부님이 신경 쓰이니 적당히 놀아 줄 수는 없다."

주서천의 몸이 흐릿해졌다가 가운데 있는 무사 앞에 나타났다.

"허억!"

무사가 순간 숨을 멈추면서 두 눈을 부릅떴다.

분명 눈을 떼지 않고 보고 있었는데 사라졌다가 갑자기 나타난다면 누구라도 놀란다.

그리고 그 놀라움은 생애에 마지막으로 느낀 감정이었다.

"일!"

검법을 펼칠 정도의 수준도 아니었다. 최대한으로 공력을 실어서 검을 힘껏 내질렀다.

"컥!"

어떻게 반응을 할 수도 없을 만큼 빨랐다. 무사는 가슴에 박힌 검을 내려다보면서 피를 토해 냈다.

"이 자식!"

좌우의 무사들도 놀랐지만, 멍하니 보지는 않았다.

무언가 예사롭지 않다는 걸 느끼고 공격에 나섰다.

"죽어랏!"

좌측에 있던 무사의 칼이 사나운 기세로 들어왔다. 목을 벨 기세가 아니라, 아주 쥐어뜯을 정도로 거칠었다.

"한 번 죽었는데 두 번 죽기는 싫다!"

무릎을 굽히면서 상체를 숙여 회피했다. 번개 같은 반사 신경과 움직임이었다.

"말도 안 돼!"

무사가 경악했다.

"돼!"

힘의 원천인 내공을 한껏 끌어 올렸다. 근육이 울긋불긋 팽창하면서 괴물과 같은 완력을 줬다.

주서천은 검을 무사의 가슴을 꿰뚫은 채로 있는 상태에서 좌측으로 힘껏 휘둘렀다.

근육과 지방, 갈비뼈가 막고 있었지만 무의미했다. 마치 두부를 가르는 모양새였다.

장애물이 사라지고 나타난 건 좌측에 있던 무사였다.

"이런 미……."

무사가 눈앞에 펼쳐진 광경에 욕했다.

"친!"

주서천이 대신 욕을 이어 주면서 검에 힘을 가했다.

"크아악!"

무사가 비명을 지르면서 쓰러졌다.

"뭐, 뭔!"

눈앞에서 동료가 순식간에 죽었다.

"뭐가 이렇게 강해! 사기잖아!"

혼자 남은 사도천의 무사가 입을 떡 벌렸다.

"원래 사람은 한 번 죽으면 강해지는 법이지!"

주서천이 검에 묻은 피를 털어 냈다.

"아, 그런데 범재(凡才)면 영약 좀 먹어야 한다."

내공이란 건 곧 힘의 원천이다. 기초적인 신체 능력뿐만 아니라 이런 폭발적인 힘도 발휘할 수 있었다.

"살려 주십시오! 제가 몰라봤습니다!"

정파는 자존심을 목숨보다 소중하게 여기지만, 사파는 아니었다. 아예 없는 것은 아니지만, 정말로 중요하게 여기지는 않는다. 필요로 하면 얼마든지 버린다.

"그래!"

주서천이 문답무용의 기세로 검을 휘둘렀다.

"케헥!"

무사가 가슴을 부여잡고 뒤로 벌러덩 넘어졌다.

"사부님, 제가 금방 가겠습니다!"

화산파의 사형제들도 걱정됐다. 하지만 유정목에 비해선 조족지혈이었다.

장완저 오엽이라는 이름은 들어 본 적은 없지만 그래도 초절정 고수다. 승부를 쉽게 예측할 수 없었다.

스승의 무력을 믿지 못하는 건 아니지만, 그래도 제자 입장에서 걱정이 되는 건 당연한 일이었다.

을지호 쪽이 위험했다면 조금 더 고민하고 우선순위가 바뀌었을지도 모르겠지만 그것도 아니었다.

                    *   *   *

유정목과 오엽은 벌써 백 합의 공수를 교환했다.

"끈질긴 놈!"

오엽이 말하면서도 웃음을 잃지 않았다.

"하기야, 내 배에 칼침 놓은 놈인데 이 정도는 해야지!"

이 날을 꿈꾸면서 몇 날 며칠을 지새웠다.

눈을 감으면 유정목의 얼굴이 떠오르고, 아침에 일어나거나 비만 보면 칼침 맞은 부위가 쑤셨다.

"장완저, 이렇게 훌륭한 무공을 지녔는데 어째서 사리사욕에만 쓰는가!"

유정목이 탄식했다.

"허, 또 시작했네."

오엽이 지긋지긋하다는 듯이 혀를 찼다.

"그놈의 의협심(義俠心), 내 살면서 얼마나 많이 들었는지 알고 있나? 그딴 거에는 쥐뿔도 관심 없다!"

채채챙!

정파와 사파의 검이 공중에서 부딪쳤다. 불꽃이 튀기면서 시끄러운 소리를 냈다.

"난 그냥 네놈에게 당한 걸 되갚아 주려고 온 것뿐이다! 쳐 죽여 주마!"

오엽의 목소리는 원한으로 들끓었다. 거리가 제법 있었지만, 그의 특유의 긴 팔 덕에 범위에 들어왔다.

"그때만 생각하면 이가 부득부득 갈린다!"

절강(浙江)에서 일어났던 일이다.

평소처럼 사도천을 등에 업은 채 무소불위의 권력을 자랑했다. 사도천의 세력권이라 걱정할 건 없었다.

그가 저지른 패악질은 바로 인근의 안휘에도 알려졌다. 무림맹 본부도 소문을 듣고 고수를 파견했다.

유정목이 그중에 있었다.

당시 소유검이라는 별호를 들었을 때 들어 본 적이 없어서 별거 아니라고 생각했다.

유정목이 워낙 강호에 나오지 않았으니 당연한 일이었다.

하나 결과는 달랐다. 화산의 검수를 무시했던 건 치명적인 실수였다. 결국 치명상을 입고 도주했다.

결코 잊을 수 없는, 그때의 굴욕!

"죽어라!"

오엽이 분노를 담아서 검격을 날렸다.

"흡!"

유정목은 날아온 검격을 쳐 냈다. 오엽의 검에 담긴 원한과 증오, 그리고 살기까지 온몸으로 전해졌다.

"네 배에도 칼침을 놔 주마!"

오엽이 복수에 눈이 멀었다. 공격을 끊임없이 쏟아 내면서 유정목을 몰아붙였다.

누가 보면 유정목이 속수무책으로 밀리는 것으로 안다. 하지만 실상은 전혀 달랐다.

'이성을 완전히 잃었구나!'

원한이 깊은 나머지 이성이 감정에 먹혔다.

공격에만 미쳐서 수비는 신경 쓰지 않았고, 심지어 뻔한 공격만 해 댔다. 주로 가슴과 배만 노렸다.

혹시나 일부러 틈을 보이는 건 아닐까 싶었다. 그래서 일부러 틈을 보고도 지나쳤다.

공수를 백여 번 넘게 교환하고 나서야 오엽이 진심을 보이는 걸 깨달았다.

"추어(鰍魚:미꾸라지) 같은 놈!"

제대로 된 공격 하나 맞추지 못하자 화가 났다.

"허, 자기 자신을 가장 경계해야 한다고 했는데 그 말이 틀리지 않았구나."

전에 싸웠을 때는 이 정도로 허점이 많지는 않았다. 아니, 허점 자체를 찾기가 힘들었다.

그만큼 힘들게 싸웠던 기억이 남는 상대다. 결국 끝내 놓쳐 버리고 자신도 지쳐 추적을 하지 못했다.

하지만 지금은 어떤가. 전과 비교해서는 동일 인물이 맞나 싶을 정도로 형편없었다.

어디까지나 초절정이라는 이름의 신체 능력만 보일 뿐 그 외에는 고수라고 말하기에도 민망했다.

"그 원한, 여기에서 끝내겠네!"

함정이 아니라는 판단이 들자마자 더 이상의 싸움은 무의미하게 느껴졌다. 유정목은 마무리를 위해서 내공의 팔 할 이상을 끌어 올렸다.

"하압!"

기합을 터뜨리면서 몸을 날렸다. 오엽과 최대한 거리를 좁혔다.

서로 검의 범위가 차이가 나니 붙는 게 나았다.

"흐!"

오엽이 입꼬리를 말아 비틀어 올렸다.

"이래서 정파란 것들은!"

오엽이 근접해 오는 유정목을 보고 기다렸다는 듯이 좋아했다. 오른손에 쥔 검에 힘을 줬다.

'무언가 이상하다!'

유정목이 심상치 않은 불길함을 느꼈다. 그러나 목숨을 끊으려는 절초는 이미 전개됐다.

눈으로 좇을 수 없을 정도로의 빠르기다. 숨이 턱 막히는 공력도 느껴졌다. 그러나 오엽의 입가에 맺힌 불길한 웃음은 지워질 생각이 없어 보였다.

채앵!

허공에서 불꽃이 튀었다. 정파와 사파의 검기가 부딪치면서 파장을 만들어 내 주변을 슥 훑었다.

"퉤!"

오엽이 피가 섞인 침을 내뱉었다.

"으음!"

유정목이 침음을 흘렸다. 얼굴빛이 거무튀튀했다.

"독을…… 쓴 겐가!"

시선을 아래로 돌리니 잘 보이지도 않는 침(針)이 옷을 꿰뚫고 옆구리에 박힌 것이 눈에 들어왔다.

"학령초(鶴靈草)에서 독을 추출해 발라 두었다. 독성이 지독하기로 소문난 독초 중 하나지. 크흐흐."

오엽이 혀로 입술을 적셨다.

"크으······."

유정목이 급히 뒤로 물러났다. 도움을 요청하려 했지만 목소리도 제대로 나오지 못했다.

옆구리에서 시작된 독성이 벌써부터 온몸으로 퍼지기 시작했다.

"방금 전까지 나와 싸우느라 내공을 제법 소모했겠지. 해독은 불가능할 게다."

오엽이 비릿하게 웃었다.

"네 입에서 차라리 죽여 달라는 말이 나올 정도로 최대한 고통스럽게 죽여 주마!"

눈앞이 희뿌옇게 일그러져 제대로 보이지 않았다.

"사부님!"

"응?"

오엽이 머리를 들었다. 유정목의 뒤쪽에서 누군가가 달려오는 게 보였다.

"서······ 천아······."

유정목이 힘겹게 목소리를 쥐어짜 냈다.

"크큭, 제자 놈인가!"

오엽이 잘됐다는 얼굴로 주서천을 환영했다.

"제자가 보는 앞에서 굴욕을 당하는 것도 좋지만, 역시 제자 놈을 눈앞에서 죽이는 편이 좀 더······."

"네가!"

주서천이 매처럼 날아올랐다.

"누구를 건드린 건지 아느냐!"

그러곤 벌처럼 쏘아졌다. 검 대신에 발끝에 힘이 집중됐다.

"성깔 좀 있구나!"

오엽이 재미있다는 듯이 웃었다. 소매에 암기를 숨겼던 왼손을 들어서 날아오는 발을 잡으려 했다.

우지끈!

"어?"

원래라면 발을 낚아챈 다음 거꾸로 들려 했다. 한데 실패했다. 눈을 껌뻑 뜨니 전혀 다른 상황이었다.

손가락이 전부 기형적으로 부러졌다. 특히 중지와 약지 사이가 뜯겨져서 살이 덜렁거렸다.

그 충격의 여파는 손목까지 전해졌다. 손목뼈 역시 엿가락처럼 구부러졌다.

"도대체⋯⋯?"

오엽은 순간적으로 너무 당황해 고통도 느끼지 못하고 손을 멍하니 쳐다봤다.

내공을 쓰지 않은 건 아니다. 하지만 적은 편은 아니었다. 열두 살 아이의 발차기 정도는 막아야 했다.

그런데 막기는커녕 손이 전부 뜯겨졌다. 이 상황이 너무

이질적이라 머리가 받아들이지 못했다.

"후웁!"

주서천이 멍하니 서 있는 오엽에게 검을 휘둘렀다.

검법은 아니었다. 그저 좌에서 우로 수평을 그은 것에 불과했다. 하지만 실린 공력은 특별했다.

공기조차 놀라 가볍게 진동했다. 오엽도 그제야 그걸 느끼고 얼른 막으려 했다.

"늦었어."

주서천이 싸늘하게 사형 선고를 내렸다.

서걱!

오엽의 머리가 몸에서 떨어져 나갔다. 공중에 떠올라 한 바퀴 회전하는 그 얼굴은 경악과 불신이었다.

초절정 고수치고는 허무한 최후였다.

"사부님!"

주서천이 유정목을 다급하게 부르며 달려갔다.

"으으……."

유정목이 고통스러운 신음을 흘렸다.

'안 좋다.'

주서천의 얼굴이 흙빛으로 물들었다.

'하지만 방법이 없는 건 아니다.'

딱 봐도 보통 독은 아니었다. 당황하고 있는 순간 자체가 아깝다.

"실례하겠습니다, 사부님."

의식을 잃은 유정목에게 사과하면서 품 안을 뒤졌다. 얼마 전에 보여 줬던 목함이 잡혔다.

'있다!'

소림사의 소환단이었다.

'학령초가 어떤 독인지는 모르겠지만 소환단이라면 해독할 수 있을 거야.'

보통 중독될 시에는 그에 맞는 해독제를 복용해야 하지만, 때로는 영약으로 대신할 수도 있다.

'그 대신 영약의 기운이 날아가겠지만, 사부님의 목숨을 생각하면 반대로 싼 편이지.'

소환단 한 알을 꺼내 스승의 입 안에 넣고, 삼킬 수 있도록 죽통(竹筒)에 넣어 둔 물을 흘렸다.

"사부님, 제 목소리가 조금이라도 들린다면 운기 하셔야 합니다. 제가 도와 드리겠습니다."

주서천은 유정목을 눕히고 그 가슴에 손을 얹었다.

가부좌를 하고 앉는 게 좋았지만 불가능했다.

'한눈팔지 마!'

집중, 또 집중!

스승의 목숨이 걸린 일이다. 자칫 잘못해서 위험에 빠뜨릴 수는 없었다.

주서천은 주변에서 얻는 불필요한 정보를 차단했다. 호법이 없어 불안했지만, 그 감정도 잠재웠다.

지금은 모든 걸 집중해야 할 때!

유정목이 운기할 수 있도록 최대한 도왔다.

'틀렸어. 완전히 의식을 잃으셨다.'

내공을 주입해 봤지만 반응이 없었다.

'내가 모든 걸 해야 한다.'

다행인 점은 유정목이 스승이라는 점이다. 자하신공을 제외하면 동일한 내공심법을 익히고 있었다.

매화육합심법을 생전을 포함해 두 번이나 대성했다. 내기의 조정은 손바닥을 뒤집는 것처럼 쉬웠다.

'사부님께서 의식을 찾지 않기를 빌자.'

무심코 중얼거릴 뻔했지만 유정목이 들을까 봐 속으로만 삼켰다.

소환단을 복용한 적도 있으니 영약의 기운 자체를 움직여서 해독하는 것 자체는 문제가 없다.

하지만 만약 도중에 유정목이 정신을 차리고 제멋대로 움직이는 내기에 놀라 반응이라도 하면 큰일이다. 마음 같아선 깨워서 좀 더 안전하게 해독하고 싶었으나 그럴 시간이 부족해 위험을 감수해야만 했다.

'제발!'

신속하면서도 정확하게!

시간이 없으니 마음이 급해졌다. 그렇지만 섣불리 움직이지는 않았다. 한 번의 실수도 용납할 수 없다.

가슴에 닿았던 손이 배꼽 아래로 옮겨졌다. 하단전의 위치였다. 내기가 손가락 끝에서부터 유정목의 몸 이곳저곳으로 가지처럼 뻗어져 나가 훑어 뿌리를 내렸다.

성질이 일치하니 거부 반응은 나오지 않았다.

'넷.'

유정목의 몸을 채우고 있는 건 네 가지 기운이었다. 하나는 본인의 기요, 둘은 주서천의 것이었다.

셋은 독기였고, 마지막은 영약의 기운이었다.

중요한 건 세 번째와 네 번째. 주서천은 본인의 기를 움직여서 영약의 기운을 휘어잡아 통제했다.

'독이 퍼지는 속도가 빨라. 벌써 칠 할이나 퍼졌다.'

주서천은 거의 유정목이 중독되자마자 나타나서 오엽을 죽였다. 그 시간은 결코 길지 않았다. 그런데도 벌써 이렇게 중독됐다니, 참으로 지독한 독이었다.

'사부님!'

꿈틀!

유정목이 움직인 게 아니다. 그 내부에 안착한 영약의 기운이었다.

본래 몸의 주인이 통제해야 할 영기(靈氣)는 주서천에 의해서 움직여 단전을 중심으로 넓게 퍼졌다.

'놓치지 않겠다!'

숨 막히는 추격전이 시작됐다.

맹수가 사냥에 나선 모양새였다. 다만 숨죽여 있다가 급습하는 건 아니었다. 독기는 가만히 있지 않고 움직이고 있었다. 전력으로 쫓아야 했다.

소환단으로 둥글게 뭉쳐 있던 영기는 나무의 줄기처럼 여러 갈래로 나뉘어 몸 이곳저곳에 파고들었다.

'심장!'

우선적으로 잡아야 할 곳은 역시나 심장부터였다.

심장은 몸의 중심이다. 심장이 약해지면 신체 구조 전체에도 문제가 생긴다. 대신 중요한 만큼 면역이나 방어도 뛰어났다. 실제로 독기가 심장 부근부터는 느릿느릿했다.

주서천은 그 틈을 놓치지 않고 영기를 이용해서 독기를 먹어 치우고 불살랐다. 영기도 그만큼 줄었다.

'됐다!'

속으로 신나서 위로 올라갔다. 그다음 목표는 척수 신경을 위협하려는 독기였다.

다행히 머리까지 치솟지는 않았다. 독기가 뇌를 침범하

면 해독해도 후유증이 심각해 꼭 막아야 했다.

'천천히…….'

목 중간 즈음부터는 기경팔맥(奇經八脈) 중 독맥(督脈)인 아문혈(瘂門穴)이 있다. 아문혈에는 뇌신경이 밀포되어 있어 조금만 잘못 건드려도 사지가 마비된다. 그 외에 주위는 사혈(死穴) 천지였다.

이 순간만큼은 주서천도 조급해하지 않았다. 신중, 또 신중하게 독기를 밑으로 끌어냈다. 아까처럼 영기로 태우지 않았다. 무슨 영향을 끼칠지 몰라서였다.

'됐다.'

유정목의 얼굴에 생기가 감돌기 시작했다.

'어려운 건 끝냈다.'

이제 좀 안도할 수 있었다. 그래도 마음을 눈곱만큼 편하게 먹으면서 독기들을 몰아냈다.

'한꺼번에 없애 버릴 수는 없어.'

독기가 결코 적지 않았다. 이 정도 양을 처리한다면 자극을 피할 수 없다. 반드시 의식을 찾는다.

'그렇다면!'

시간이 없으니 고민도 길지 않았다. 결심을 하자 곧바로 행동으로 옮겼다.

흩어져 있던 독기들을 한곳으로 밀어낸다. 사전에 기맥

에 상처가 남지 않도록 영기로 보호해 두었다.

학령초에서 추출되었던 독기는 소환단의 정순한 기에 밀려 도망치듯이 이동했다.

그 목적지는 또 다른 몸인 주서천이었다.

'들어온다!'

손바닥을 통해서 상당량의 독기가 들어왔다. 그의 낯빛이 조금 안 좋아졌다.

'됐어!'

스승의 몸을 갉아먹던 독은 이제 없다. 태워서 없어진 것을 제외하곤 전부 흡수했다.

혹시라도 독기가 흘러나오면 어쩌나 싶어 재빨리 스승의 곁에서 벗어났다.

"으음!"

유정목이 드디어 목소리를 냈다. 다행히도 낯빛이 완전히 원래대로 돌아와 있었다.

'후, 이제 이걸 처리해야겠다.'

주서천은 조금 무리해서 조금 떨어진 수풀 속으로 이동했다. 도착하자마자 곧바로 가부좌를 틀었다.

'으응?'

독기를 재차 움직이려고 할 때였다. 주서천은 문득 의문을 가졌다.

'내가 내기 통제 능력이 이렇게 뛰어났던가?'

급한 상황에서 벗어나니 마음에 여유가 생겼다. 그에 따라 잡념도 생겼다.

방금 전까진 스승이 자칫 잘못하면 불구가 되거나 죽을지도 모른다는 일념에 빠져 있었다.

집중이 끝나자 그제야 여러 가지 생각이 떠올랐다.

'너무 빠르잖아.'

기를 조종하는 것 자체는 문제없다. 유정목이 지닌 기는 자신과 다를 것 없으니 이상하지 않았다.

무엇보다 주서천은 생전에 화경에 올랐던 경험이 있다. 못 했다면 반대로 그게 더 이상한 일이다.

한데 그 속도가 범상치 않았다. 예상한 것과는 달라도 너무 달랐다. 쉽게 끝나서 문제였다.

아까는 아무렇지 않은 듯이 해냈지만, 결코 그리 간단한 것이 아니었다. 무척 어려운 일에 속한다.

그런데 그걸 별다른 실수도 하지 않고, 집중해서 후딱 끝냈다. 주서천 스스로도 놀랐다.

'무엇이 다르지?'

회귀 이전의 자신과 비교해 봤다.

수령신과, 소환단을 복용했다. 하지만 내공만 증가한 것뿐 별다를 건 없다.

그 외를 꼽자면 자하신공. 하지만 이것도 아니다.

자하신공에 통제 능력이 높아지는 효능은 없었다.

'아!'

머릿속에 스쳐 지나가는 것이 있었다.

'중도만공!'

무공을 종류에 상관없이 배울 수 있다. 추측이지만 이 점이 깊게 관련되어 있을지도 몰랐다.

중도만공으로 주력 무공을 제외하고 배우면 위력이 반이나 감소된다. 하지만 그렇다고 연공 방식이 다른 건 아니었다.

구결을 외우면서 정해진 경로를 통해 순차적으로 운기해야 하는 건 똑같았다.

자고로 운기란 건 무공마다 다르다. 수십, 아니 수백 이상으로 나뉜다. 그리고 이 운기는 보통 평생 동안 잘 바뀌지 않는다. 조금씩 변화는 있어도, 크게는 벗어나지 않았다.

매화기공과 자하신공을 예로 들어 보자.

자하신공은 거쳐야 하는 기혈이나 기맥이 많다. 그만큼 난해해서 그렇다. 하지만 그렇다고 마공에서나 건드릴 법한 곳으로는 운기하지 않는다.

즉, 원류가 같으니 어디까지나 그 한에서 좀 더 증가할 뿐 완전히 다른 곳으로 방향을 틀지는 않았다.

하지만 중도만공이 있다면 이야기가 다르다.

이 무공은 회귀 전에도 손도 대지 않았던 곳을 문제없이 수련할 수 있게 해 준다.

이미 일월신궁을 통해서 증명했다.

화산파의 무공은 도가 무학이지만, 일월신궁은 아니다. 원류 자체가 다르니 그만큼 배움에도 힘겨웠다.

게다가 일월신궁은 신공(神功)이 아니던가!

그만큼 무공 자체도 난해해 운기조식을 할 때도 시간이 제법 걸렸다. 그만큼 힘이 들었다.

'과연, 그렇게 된 건가!'

자하신공과 일월신공. 둘 다 난해하고 어려운 무학이다. 운기도 전혀 다르게 했다.

이 둘을 경험하고, 또 수련한 덕분에 기의 통제와 조절 능력이 비약적으로 상승한 것이 틀림없었다.

'생각보다 더 대단한 무공이야.'

그야말로 무공을 위해 존재하는 무공!

'다만 회귀가 없었다면 이 특성을 제대로 살리는 건 불가능했겠지?'

이것도 화경에 올랐던 경험과 깨달음 덕이었다.

일월신궁은커녕 아직도 매화육합심법을 배우는 것만 해도 벅차 지지부진하고 있을 게 분명했다.

중도만공을 알고 있다 할지라도, 이 정도의 능력을 발휘하는 건 먼 훗날이 분명했다.

'아니, 잠깐 이럴 때가 아니지.'

무학에 집중해도 너무 집중했다. 자신이 중독됐다는 걸 그만 깜빡 잊고 있었다.

'음, 내장이 끊어질 듯이 아파 오기 시작했군!'

독에 내성이라곤 쥐뿔만큼도 없으니 당연했다.

'독공을 알고 있었다면 참 좋을 텐데…….'

그러면 이건 더 이상 독이 아니라 영약이다.

'그러면 조금이라도 내성을 높이는 데 써먹어야지.'

독기를 나눠서 몸 이곳저곳으로 보냈다. 일찍이 기맥은 내공으로 보호하고 있어 내상은 피했다.

주서천은 흩어진 독기를 땀샘을 통해 내보냈다.

뚝뚝.

시커먼 땀방울이 몸에서 비 오듯이 흘러나왔다. 그의 주변에서 지독한 악취가 풍겨 왔다.

바깥으로 빼낸 독기의 영향은 대단했다. 근처에 있는 수풀이 전부 말라비틀어져 고개를 숙였다.

지나가던 벌레들도 몸을 비틀어 괴로워하다 죽고, 땅도 시커멓게 죽어 갔다.

'이 정도면 됐어.'

독기를 전부 내보낸 건 아니다. 몸에 부담이 되지 않도록 소량은 남겨서 순환시켰다.

독공을 배우지 않아 내공으로 전환할 수는 없었다. 하지만 독에 대한 내성 정도는 키울 수 있었다.

본래의 내공이 넘치다 보니 가능한 방법이었다. 혈도나 기맥 등을 보호하니 내상도 없었다.

"후우……."

드디어 크게 숨을 들이쉬었다가 내쉴 수 있었다.

감았던 눈을 뜨고 자리에서 천천히 일어났다.

"아쉬워."

시간과 상황만 맞았다면 좀 더 내성을 키웠을 것이다. 하지만 여의치 않으니 별수 없이 독기의 순환을 중지했다.

독공을 배우지 않았으니 독기의 흡수도 불가능했다. 그래서 내공으로 태워 없앴다.

"아차, 이럴 때가 아니지."

아직 의식을 차리지 못한 스승과 아직까지도 싸우고 있을지 모르는 사형제들이 걱정이었다.

*　　　　*　　　　*

걱정과 달리 다행히 아무도 크게 다치지 않았다. 금창약을 바르면 충분히 나을 정도의 수준이었다.

승패는 두말할 것도 없었다. 화산파의 승리였다.

아무리 뿔뿔이 흩어졌어도 명색이 화산파이다.

애초에 강호에 나온 것 자체가 일정한 수준의 무공을 인정받았다는 의미다. 결코 하수에 속하지는 않았다.

주서천만큼 순식간에 승부를 본 것은 아니었지만 그래도 크게 다치지 않고 이길 수 있었다.

을지호는 승부가 나자마자 주서천을 찾았다.

다행히 주서천이 돌아왔을 때와 시간이 맞았다.

"사형!"

을지호가 파리한 낯빛으로 나무에 기대고 있는 유정목을 살폈다. 얼굴에 떠오른 건 걱정이었다.

"괜찮다. 난 무사하다."

유정목이 지쳤는지 조금 쉰 목소리로 답했다.

이에 을지호는 휴우! 하고 안도하면서 주변을 살폈다. 제일 눈에 띈 건 단연 오엽의 시체였다.

"허어, 역시 사형이십니다."

을지호가 목의 단면을 살피곤 짐짓 감탄했다.

"별거 아니다."

유정목이 쓴웃음을 흘렸다.

"아닙니다. 아무리 하찮고, 비겁한 사도천 소속이라 할지라도 초절정 고수이지 않습니까?”

을지호가 자신의 일처럼 자랑스러워했다.

“고맙구나. 그보다도 다들 크게 다친 곳은 없고?”

“예, 멀쩡합니다.”

“장완저가 죽은 것보다는 너희가 다치지 않은 것이 중요하지. 보아하니 경상을 입은 것 같으니 한시라도 빨리 하산하여 의원을 찾는 게 좋을 것 같구나.”

을지호는 유정목의 세심한 마음씨에 감격했다.

“예!”

일행은 운현으로 되돌아왔다. 화산파의 제자들뿐만 아니라 안내했던 여성과 아들도 포함됐다.

“대인! 저, 정말로 죄송했습니다.”

운현에 도착하자 여성이 몸을 살짝 떨면서 깊이 사죄했다. 그 눈동자에 감도는 건 공포였다.

을지호는 마음 같아선 왜 거짓을 고했냐고 윽박지르고 싶은 심정이었다. 함정이었다는 건 일찍이 눈치챘었다. 그래도 진실을 고하지 않은 것이 괘씸했다.

“괜찮습니다.”

유정목이 이해해 달라고 잘 타이르지 않았다면 화를 내고도 남았다.

"감사합니다, 대협! 대협 같은 사람이 되겠어요!"

아이가 눈을 반짝이면서 감사 인사를 했다. 그 눈에는 영웅을 향한 동경심이 있었다.

"그래, 잘 지내거라."

유정목이 부드럽게 미소 지어 줬다.

그렇게 두 모자를 떠나보냈다.

"사제는 전서구를 날려 본산과 무림맹에 이 일을 보고하여라. 나머지는 의원을 찾아가 진료를 받거라."

"예!"

유정목과 주서천만 남았다.

"사부님, 감사합니다."

주서천이 허리를 숙여 예의 바르게 인사했다.

"제자의 공을 가로챈 스승에게 뭔 감사더냐."

유정목이 시원치 않은 얼굴로 한숨을 푹 내쉬었다.

"공을 가로채다니, 그렇지 않습니다. 제가 도착했을 때에 오엽은 사부님과의 싸움으로 이미 지쳐 있었습니다. 다 된 밥상에 숟가락만 올렸을 뿐이지요."

완전히 틀린 말은 아니었다.

"정말로 못 말리는 제자구나."

유정목이 옅은 미소를 지었다. 그래도 명예욕을 탐내고 오만방자한 것보다는 나았다.

"감사합니다."

주서천이 공손하게 인사했다.

"그나저나……."

유정목이 수심이 가득 찬 얼굴로 말꼬리를 흐렸다.

"소환단을 복용했으니 어이해야 할꼬?"

자신은 분명 독침에 당해 쓰러졌다. 그리고 다시 의식을 차렸을 때 독은커녕 내공량이 늘어났다.

무슨 일인가 하고 주변을 둘러봤을 때는 머리를 잃고 쓰러진 오엽과 안도하는 제자였다.

이후 주서천이 자초지종을 설명해 줬다. 그제야 어떻게 된 것인지 상황을 파악할 수 있었다.

그리고 이 일은 비밀로 해 달라고 스승에게 부탁했다. 암천회에 눈에 띄고 싶지 않아서였다.

물론 암천회에 대해 설명한 건 아니었다.

왜, 강호에는 삼 할을 숨기라는 말이 있지 않은가.

주서천은 그 이야기를 꺼내면서 안 그래도 도수창병 때의 일로 주목을 모은 게 부담됐다고 말했다.

제자의 공을 빼앗는 것 같아서 싫었지만 그의 간곡한 요청에 할 수 없이 함구해 주기로 했다.

"끙."

자신에게 소환단을 먹인 제자에게 뭐라 할 수도 없었다.

스승을 살리려고 한 건데 어찌 뭐라 하겠는가? 유정목도
그 정도로 융통성이 없는 사람은 아니었다.

 "사부님, 불초 제자가 말을 올려도 되겠습니까?"

 "그렇게 격식 차릴 것 없단다."

 "감사합니다. 여하튼, 복용한 건 이미 어쩔 수 없다고 생
각합니다. 만약 이걸 소림사에게 사정을 설명한다고 해도
일이 쉬이 풀리지는 않을 것입니다."

 대외적인 위신이란 게 있다. 비록 오래되었다고 해도 훔
친 물건이다.

 그걸 마음대로 복용한 걸 알려 양심 고백을 한다 할지라
도 소림사 입장에선 쉬이 넘어갈 수는 없었다.

 무림이란 게 다 그렇다.

 "사부님께서 일부러 복용하신 것도 아니지 않습니까? 그
러니 그렇게까지 신경 쓰지 않으셔도 됩니다. 부처도 너무
자책하지 않아도 된다고 생각할 겁니다. 성인(聖人)이지 않
습니까? 분명합니다."

 혀가 매끄럽게 움직였다. 기가 막힌 솜씨였다. 그래도 유
정목의 불편한 마음을 조금은 녹여 없앴다.

 "어쩔 수 없습니다."

 어쩔 수 없다라는 말은 진리와도 같다. 어떠한 불합리한
상황이라도 선악에 구분 없이 이해시킨다.

어쩔 수 없으니까.

주서천은 그동안 무공이 아니라 혀를 굴리는 것을 수련했는지 현란한 말솜씨로 유정목을 변호했다.

"진실을 말했다간 화산파도, 소림사도 곤란하게 됩니다. 별수 없으니 그냥 지나가는 게 좋을 듯싶습니다, 사부님."

"……알았다."

유정목도 결국 백기를 들었다. 마음에 잔뜩 걸리는 얼굴이었으나 그래도 미련을 버리고 단념했다.

"이로써 소림사에게 빚을 졌구나. 내 이 일은 무덤까지 가져가겠지만, 언젠가는 갚도록 해야겠어."

그래도 끝까지 양심적이었다.

'됐어!'

이걸로 완전히 넘어갔다. 속으로 환호했다.

'사부님께서도 천하백대고수의 반열에 오르시겠군.'

소환단의 영기는 전부 사라지지 않았다. 독 일부를 태워 없앴지만 나머지는 그러지 않고 밀어냈다. 그래서 전부는 아니지만 육 할에서 칠 할 정도의 양은 남아 있었다.

이걸 흡수하면 최소 십 년 정도의 양은 늘어날 것이 분명했다. 여기에서 천운이 따라 준다면 다음 경지도 넘볼 수도 있었다.

영약이 괜히 영약이 아니다. 수많은 사람들이 피를 흘리면서도 어떻게든 차지하고 싶어 할 정도의 가치를 지닌 것이다.

'생전에 갚지 못한 은혜를 몇 배로 되돌려 드려야지.'

천하백대고수의 반열도 부족했다. 할 수만 있다면 화경의 경지까지 올려 드리고 싶은 마음이었다.

"겨우겨우 고생해서 화산에 돌아가려 하는데, 내 탓에 피곤한 일에 휘말리게 해서 정말로 미안하다."

"자꾸 그렇게 사과하실 필요는 없습니다, 사부님. 따지고 보면 제가 행방불명된 탓이기도 하니까요."

"정말로 보면 볼수록 장하다."

유정목이 주서천의 머리를 쓰다듬었다.

"자, 슬슬 떠날 채비를 하거라. 정말로 얼마 남지 않았으니, 하루라도 빨리 돌아가야겠다."

그리운 고향, 화산으로.

〈다음 권에 계속〉